南西
逸境

南京西路街道党工委、办事处
上 海 市 作 家 协 会 编

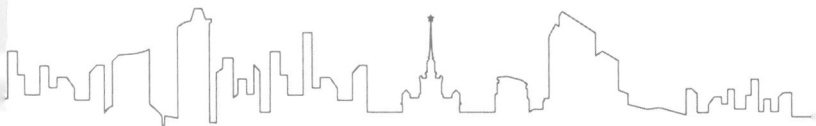

文汇出版社

图书在版编目（ＣＩＰ）数据

南西逸境 / 南京西路街道党工委、办事处编. —— 上海：文汇出版社，
2021.8（2023.1重印）
ISBN 978-7-5496-3614-3

Ⅰ.①南… Ⅱ.①南… Ⅲ.①散文集—中国—当代②诗集—中国—当
代 Ⅳ.①I267②I227

中国版本图书馆CIP数据核字(2021)第140579号

南西逸境

作　　者 / 杨绣丽　朱　蕊　惜　珍
编　　者 / 南京西路街道党工委、办事处
　　　　　　上海市作家协会
责任编辑 / 苏　菲
封面设计 / 雨　舒
版式设计 / 兰伟琴

出 版 人 / 周伯军

出版发行 / 文匯出版社
　　　　　上海市威海路755号　邮政编码：200041
经　　销 / 全国新华书店
印刷装订 / 四川森林印务有限责任公司
版　　次 / 2021年8月第1版
印　　次 / 2023年1月第2次印刷
开　　本 / 889×1194　1/32
字　　数 / 106千
印　　张 / 7.75

ISBN 978-7-5496-3614-3
定　　价 / 68.00元

序 ＼王伟

　　在中国林林总总、气象万千的城市中，历史并不悠久的上海无疑是最有特点、最具魅力的一座。近世以来百余年，它以一种爆发式的跃进，印刻下城市发展史上罕有的轨迹。在她怀抱里的人们每忆及此，常常油然而生自豪之情。

　　近几年来，随着一句"建筑是可阅读的，街区是适合漫步的……城市始终是有温度的"诗意话语的流行，上海似乎正在经历一个重新发现、深度发掘的过程，许多沉睡已久的记忆被重新唤醒，许多渐趋销蚀的秘密被再度磨洗。

　　如今，我们要追忆往昔，特别是回首城市腹心的发展历史，不能不提到绵延千年香火的静安寺，以及因寺而辟、又因势而兴的静安寺路——它今生的名字叫南京路，赫赫有名"中华第一街"。穿越历史的烟云，静安寺、南京路及其周边街区，那些在城市更新中顽强生存下来的建筑空间，把尘封的历史牵引到了现代，让幡然忆故的我们，能够像阅读一部厚重的书一样，从木石砖瓦里去搜寻城市的过去。

而与麇集于东段的那些喧哗的崇楼广厦相比，散布于南京路西段及其毗邻地区的那些沧桑的旧院老宅，或许更能像一位历经劫波的睿智老者，将过往的掌故为后人娓娓道来。正因如此，南京西路街道特别邀请三位女作家，对辖区内多处颇具价值的遗存，重新作踏访，又对众多史料进行细致的爬梳抉剔，从新的视野和角度出发，写就这本《南西逸境》。

《南西逸境》亦诗亦文，堪称三位女作家的创新之作。她们各擅其长，对那些老建筑、老街区富含的历史价值和文化信息做了新的判读和凝练，或述人、或记事、或抒情，将星散的断章连缀成一部完整的大书。她们各臻其妙，用传神的文笔，把各自的感受细致、柔顺地转述出来，发掘南西的逸境神韵，让人们体验到阅读建筑、阅读历史和文化的魅力。

作为《南西逸境》最早的读者之一，我为三位女作家的动人叙写而赞叹，也为南京西路街道对于自身历史文化的高度重视而敬佩。正像一位作者所说：那些旧院老宅"成为一部历史的缩影"，"链接了一部城市史，如果不去翻阅，它就无声地隐入历史深处"。相信在多方重视城市文化软实力建设、重视发掘和弘扬城市精神品格的今天，加之有那些深具为人民写作情怀的作家，这样的憾事不会发生。

愿更多的人捧起《南西逸境》一书，开始对我们熟悉而往往又很陌生的城市风景，做一番深度的阅读和探寻！

（作者为上海市作家协会党组书记、专职副主席）

目录 Contents

延安中路　Middle Yanan Road

巨鹿路　Julu Road

南阳路　Nanyang Road

老成都北路

North Chengdu Road

腾蛟起凤赋

——写给中共二大会址

/ 杨绣丽

长江东去，澎湃如龙。苏河浦江，蜿蜒玉凤。沪申之地，造化所钟。一大二大，建立中共。开天辟地，气贯长虹。救国救民，不世之功。寻寻觅觅，满城红色印迹，有延安绿地：将清新之气吐纳城中、将二大会址怀抱于胸，徐徐领略，心动于衷。

此二大会址，乃石库门建筑，所悬匾额"腾蛟起凤"，语出《滕王阁序》，至今千年有余。其词慷慨，鞭策无穷。炎黄子孙，天下皆同；无论天涯，以龙为宗。每念及此，血为之热，每思及此，目为之红。

噫乎"腾蛟起凤"，字健力迈，势若乘风。

当此盛世，犹忆当日前辈，汇集辅德里，指点江山，舞动苍穹，兼具智思，更占英勇。噫乎"腾蛟起凤"，时维1922年民族危亡之际，二大伟绩，书就恢弘宣言……其声可振霄汉，其辉可耀星空。一时中华大地，鸿鹄之举，排云直上；各地起义，非比寻同。机器如吼，纱梭雷动。煤矿铁路，相继罢工。工农妇女，如潮如涌。开启运动，宣言赤红。噫乎二大之腾蛟起凤，巍巍乎里程碑，浩浩乎举苍龙。日月盈缩，百年春秋；河水消长，代代吟颂。

壮哉腾蛟起凤，万里云涌；十二代表，道合志同；心怀轩辕，寰宇名动；笔启雄风，指点工农；一大二大，创建党业，开辟路线，引领中共。热血荡荡，忠魂悠悠，山川毓秀，一成道统。经历长征，更具伟力，万里腾龙。领导抗日，智慧魄力，举世认同。建国大业，推翻大山，卧虎藏龙。改革开放，放眼世界，嘉禾葱茏。奥运盛会，昂首挺胸，豪迈天穹。世博园地，海派兼容，天下大同。壮哉腾蛟起凤，无数英雄，万千气象，生生不息，九天从容。

因缘有道，万物有魂。腾蛟起凤，旭日升东。东方明珠，破土而耸。美好城市，大气如铜。国际大都，华夏新容。沪申源动，海陆巅峰。腾蛟起凤，敢教日月换新天。沧海桑田，直把神舟放长虹。雄哉腾蛟起凤，任尔东西南北风，中华民族岿然不动！

我住平民女校

/ 朱蕊

过了石门一路路口，继续往东走，就有掩映在绿化中的弄堂了。先是汾阳坊，红的和灰的砖墙，墙砖之间白线勾画分明，白色或者灰色的窗框，红瓦屋顶，有小汽车停在弄堂口，感觉弄堂口的窄小，以前没觉得啊，以前感觉汾阳坊和它旁边的多福里，以及再东面一点的念吾新邨以及再再东面的福明邨都是宽大的弄堂。几十年以后再一次走过这里的时候，看到汾阳坊、多福里、念吾新邨、福明邨里分明有同学过来和我招呼，还是当年的模样。但福明邨其实已经不存在了。延中绿地动迁，福明邨不见了，上面提及的几条弄堂也是被切去了本来沿街的"门面"，做了绿化，还要让位给延安路高架扩路，现在的弄堂口应该是原来的弄堂中。福明邨东面，靠近成都北路就是我曾住过的辅德里，现在我要去的目的地——平民女校。

走过原来福明邨的位置、现在的绿地，我不由自主抬头仰望，似乎三楼的那个阳台还在。夏夜，和闺蜜在沿街的三楼阳台纳凉，下面黄色街灯将婆娑树影投在马路上，延安路上车来车往，车灯和街灯交相辉映，还有马路两边建筑物内的万家灯火，城市的亮度刚刚好，不烦躁也不阴暗。阳台上能看到对面中德医院的轮廓，这座三层花园洋房，为文艺复兴时期的建筑风格，看起来非常漂亮。闺蜜说包括她在内的他们家六兄妹都出生在这家医院。

当走过福明邨原址的时候，我又想起闺蜜说过，还好她有个哥哥叫明福，就是因福明邨而起的名字。不然，福明邨没有了，她的童年青少年不知要去哪里找。我似乎比她更幸运一些，我的童年青少年就在隔壁，一步跨过去就可以看到了。

延中绿地靠近成都北路口有两排石库门房子，灰色墙砖，浅灰色石库门框，黑色大门，门上有红砖雕刻的装饰，现在可以看到沿马路那排房子的墙上有"中共二大会址纪念馆"的铭牌，在二大会址的后面才是平民女校——我曾经住在这里很多年。当然，二大会址本来并不靠近马路，在其前面应该还有几排房子的。现在能够理解李达当时住在这里，将这里作为早期共产党活动地的地理优势，隐蔽性也是一个因素，这其实是弄堂的中间部分，四通八达。

前后两排房子连接的弄口现在有"辅德里"石牌，但以前里弄牌铭并不在这里。现在前后弄堂都没有了，只有这两排房子。因此，我对这条弄堂又有点陌生感，虽然应该是熟悉到知道它所有纹理的。好在我马上找到了平民女校。汉白玉的"平民女校"牌铭镶嵌在灰砖墙上："上海市文物保护单位 平民女校 上海市人民委员会一九五九年五月二十六日公布 上海市文物保管委员会立"。原来1959年就公布为文物保护单位了？怪不得住在此地时听到各种传说。但记得分明的是当时这里并没有任何标记，房子与左右隔壁一样陈旧黯淡，黑漆大门因年久失修而油漆斑驳，平时一般不开启大门，大家都走连着灶间的后门，因而偶尔开启大门时那门就会发出"吱吱嘎嘎"沉重而艰难的声响。

站在门外端详着这幢房子，那些记忆，纷至沓来……

最早看到牌子是上世纪80年代的某个日子。某天突然发现了牌子，仔细读了文字，才敢确认此座房子真的非同寻常。以前总是听邻居说，但始终是不确定的。当时（上世纪70年代）邻居为了证明所说，还拉着我到灶间连接客堂间的过道处，指着过道上方一堆积满油污尘垢的旧竹篮说，"这里有个电铃。"我找了半天才在旧篮子的间隙或者说是背后发现那个扁圆的黑乎乎生满铁锈的东西。真的是个旧电铃！邻居看我有点相信了，就开始添油加醋地向我讲述她认为真实的但也可能是道听途说再加合理想象的故事。所有的想象基于当时的见识，还有《永不消逝的电波》《红岩》《清江壮歌》等陪伴我们长大的文艺作品。

我每天在这所房子里进进出出，放学回家

后，在当时感觉挺宽阔的晒台上做功课，然后便沉入过去未来的神思奇想中……与我们这幢楼咫尺之遥的中国共产党第二次代表大会旧址（同时也是人民出版社的最早所在地）也在这种想象中脱离了斑驳而变得生动起来……二大会址那所房子里住着我的同学。有天上学时我们俩说到我在晒台上架个梯子可以逃到你家里去的。好端端的，为什么要架着梯子逃？我们那时真像着了魔一样。

……

着魔确有其因缘，这是有故事的地方——

1922 年初，辅德里 42 号的这座二楼二底的石库门房子突然来了许多年轻女孩。说是女孩，有的却已经三十岁左右了，甚至还带着孩子；而有的又只有十二岁或十三岁的样子，她们不仅年龄差距大，看得出来各人的家庭背景和文化程度也不一样，而且口音也是天南海北的——如果有人注意过当时的报纸，当能知道，这里是一所女子学校——1922 年 2 月 6 日《民国日报》上刊有上海"平民女校"的招生简章。

跟随李大钊和陈愚生到上海的秦德君，1921年时年仅十六岁，她听从李大钊的安排，先到虹口附近的袜厂交了李大钊给她的三十元押金作保，当上了袜厂学徒，她的任务是学好了织袜本领后去平民女校教学生织袜。当时李达他们设想，学生劳动所得，可以作学校的运转资金。这大约也算是参加了平民女校的筹备工作了。她高兴自己这个黄毛丫头有了工作，可以自食其力了。在新思潮的鼓动下，秦德君们像飞出笼子的小鸟，自由地到处飞翔。在学校筹备期间，秦德君又去重庆宣传新思想，宣传妇女解放，剪发放足。有一次，她替人剪发，将别人耳垂剪破，被剪破耳垂的人也不以为意，还很兴奋地说"为新潮流，流血了"。

　　陈独秀主编的《新青年》就是引领新潮流的，他在宣言中说：女子问题，实离不开社会主义。他指出妇女问题集中到一点，就是经济不独立；因为经济不独立，造成了妇女的人格不独立。妇女要独立，只有在社会主义制度下才能实现，因为社会主义社会中，男女都要工作，妇女不附属于父或夫，妇女们必须加紧自身的解放运动，才有力量参加政治革命。并号召说：被轻视的中国妇女们！你们要参加革命，你们要在参加革命运动中，极力要求在身体上精神上解放你们自己，解放你们数千年来被人轻视侮辱、被人束缚的一切锁链。李达发表的《女子解放论》，也提出妇女解放的七个条件：男女共同教育；婚姻制度之改善；女子精神的独立；女子经济的独立；男女普通选举之实行；家庭恶习之废止；娼妓之禁绝。

在旧制度的压迫下，那些接受了新思想的女性，纷纷集结到"平民女校"的旗帜下面。王会悟早在五四运动之前就接受了新思想，带头砸菩萨，宣传放小脚，提出要解放童养媳，还提出要解放丫头的口号。女师预科毕业后王会悟就自己办学了。后以学生联合会全国总会的名义从嘉兴到上海，与上海的学生联合会联络。上海的学联又将她介绍给女界联合会（上海中华女界联合会是一个合法的进步妇女团体，于1919年由黄兴夫人黄宗汉、博文女校校长李果、程孝福等人发起成立。会所设在博文女校。该会成立后，曾组织女学生参加五四运动和声援福州惨案的斗争，大力宣传爱国思想）。女界联合会的黄宗汉见到志同道合的王会悟，高兴极了，因黄宗汉的助手患肺病刚去世，正缺人手。王会悟的加入，使女界联合会的工作又能顺利开展了。

这时，在陈独秀的催促下，李达和王会悟结婚了。在陈独秀家里，陈独秀的夫人高君曼烧了几个菜，大家一起吃了顿饭，就算是婚礼了。结了婚的王会悟与李达一起全身心地投入到革命事业中去。1921年下半年，中国共产党刚成立不久，有许多工作待展开，共产党需要一个培养妇女干部的处所，王会悟就在自己住所（二大会址所在地）的斜对面凑了五十元租下了这座房子。李达将其命名为"平民女校"。

开始时，平民女校并没有对外招生，也没有挂牌子，这幢房子用来接待来上海的各地支部工作的同志及其家眷，直到1922年初才在报上登了招生启事，正式招生。

话说，出生于四川的王剑虹，受到很早就加入同盟会曾追随孙中山先生参加辛亥革命的父亲影响，在心底种下了爱国主义思想的种子。进步的父亲主张男女平等，首先从自家做起，早早就送小剑虹进私塾，学习启蒙知识。后来又让她读龙潭高等小学堂。小学毕业，王剑虹以优异成绩考取了邻近的湖南省桃源县第二女子师范学校，与丁玲成为同学，在丁玲的印象中，此时的王剑虹，"好像非常严肃，昂首出入，目不旁视"，"但她有一双智慧、犀锐、坚定的眼睛，常常引得我悄悄注意她，觉得她大概是一个比较不庸俗、有思想的同学吧"。

为了追求新知，1920 年春天，王剑虹决定随父到上海求学。可是当时上海的读书费用很高，王家经济捉襟见肘。因此，通过国民党元老谢持介绍，王剑虹先到上海中华女界联合会做临时文字工作。正是在这里，王剑虹通过王会悟的关系，进入"平民女校"学习，并结识了陈独秀、李达等共产党人，成为中共早期妇女运动的积极参与者（后来是瞿秋白的夫人）。

再说丁玲。据说丁玲离开湖南老家有一个目的——逃婚。那时的旧制，有养女还舅的风俗，外祖母见她和舅舅家的表哥玩得挺好，就给他们定了娃娃亲。丁玲十七岁的时候，舅舅就要她和表哥结婚，丁玲不仅不从，还在《常德民国日报》上写文章，控诉舅舅以及舅舅所代表的旧乡绅们封建落后的思想和对女性压制奴役的罪行。此事成为当时常德地区的热点新闻。因父亲去世，母亲带她回了娘家（舅舅家），多年来一直住在舅舅家的丁玲，此时实在住不下去了——好在桃源县第二女子师范时的同学王剑虹来"搭救"她了。据丁玲回忆，是王剑虹特意到湖南一趟，向她介绍了上海的这所具有进步思想的学校。于是，丁玲从湖南来到上海，进入上海平民女校学习——从此走上了革命的道路。

我站在崭新的大敞着漆黑大门的石库门外，与当年的自己相遇。跨进大门，与那个我点点头说"我来了"，想和她握个手，无奈手里正举着一杯咖啡，"没关系，我们一起参观吧。现在已经是纪念馆了，可以搞清史实了。"正和当年的自己交流着，过来一位工作人员对举着咖啡的我说"对不起，不能带饮料进来"，我一愣神，没想到这里已经不是当年，犹豫着是否要退出去，看到天井的角落有废物箱，将咖啡一饮而尽后扔了杯子。想想，那么多年，这里曾经是如何的烟火气啊，何止一杯咖啡？望一眼天井旁的厢房，也正开着窗户，里面现在是一排排凳子，是个教室的样子。那时住着宁波阿娘，一头银丝永远梳得一丝不苟，衣服也从不凌乱，笔挺笔挺，她每天出来淘米的时候，伸出手来，就看到她手腕上的女式小金表亮闪闪的。

进大门后是天井，然后就是客堂间了。客堂间现在是展厅。史实在此：中国共产党成立以后，非常重视妇女解放和妇女运动，为了培养妇女干部，1921 年 10 月陈独秀和李达着手创办平民女校。1922 年 2 月，平民女校正式开办，其宗旨为"养成妇运人才，开展妇运工作"。平民女校是中共创办的一所妇女工读学校，也是最早培养妇女干部的学校。平民女校在中国妇女运动史上有着重要的地位。其重要意义还体现了上世纪20年代初的一批妇女敢于挣脱封建礼教的束缚，追求独立、追求自由和真理的勇气和精神。

展厅里有李大钊致同盟会会员吴弱男女士的信："暗沈沈的女界，须君出来作个明星，贤母良妻主义么？只能改进一个家庭，妇女参政运动么？只能造成几个女英雄……"有中共二大通过的《关于妇女运动的决议》，有《中华女界联合会改造宣言》。陈独秀在《独秀文存》中说"惟希望新成立的平民女校做一个风雨晦暝中的晨鸡"。平民女校的负责人是李达、王会悟、蔡和森、向警予。办平民女校是一为无力求学的女子设工作部，替她们介绍工作，使取得工资维持自己的生活，实行工读互助；二为年长失学的女子设专班教授，务使于最短时间，灌输最多知识；三为一般不愿受机械的教育的女子设专班教授，使能自由完成个性。教师有陈独秀（教社会学）、邵力子（教国文）、沈雁冰（教英文）、沈泽民（教英文）、陈望道（教作文）、周寿昌（教物理化学）、范寿康（教教育学）、张秋人（教英语）、柯庆施（教算术），李达也执教数学，刘少奇、张太雷、恽代英等来学校作演讲和讲座……

仅三十名学员的学校，一幢二楼二底的石库门房子，竟使现代史上如此之多的名人相聚，这种情景实可喟叹！我还记得曾看到过这样一段记载，中共的第二次代表大会时，毛泽东从湖南前来上海参加会议，在这条弄堂里转了几圈，因周围房子太相似没能找到会址而返回湖南。从此，我们这条弄堂印上了伟人的足迹。

1922年秋，应毛泽东之邀，李达赴湖南自修大学任教，平民女校由蔡和森和向警予负责，同年底因缺乏经费停办。平民女校虽然只存在了很短的时间，但我确曾住平民女校二十年，且心临其境。

再一次试图走上我曾经可以飞速上下的楼梯，却发现木楼梯又窄又陡，而我天天做作业的晒台也是如此窄小？我和那个我只能说声再见了。其实，小伙伴也已各奔东西。住在二大会址的同学后来在造币厂工作，但在微信时代的今天，她却失联着。

回到延安路上，阳光下，车水马龙。

对面的中德医院建筑 1923 年开始建造，后黄金荣、杜月笙、张啸林等在此开设了当时有"远东第一赌窟"之称的"富生赌场"。成为中德医院是再后来的事情了。

1920 年代初，世事波诡云谲。

南京西路

West Nanjing Road

从哈同花园到上海展览中心

/ 惜珍

　　南京西路 1333 号，坐落着上海展览中心。它是新中国成立后上海的第一幢展览馆。这是一座金碧辉煌、宏伟瑰丽的具有俄罗斯古典主义建筑风格，并在局部糅合了巴洛克艺术特点的大厦，老上海人还是习惯性地称之为中苏友好大厦，那宫殿般的建筑曾在我童年的记忆里留下过极其深刻的印象。门前的一排圆球状的欧式路灯在孩提时的我看来犹如一个个滚圆的月亮，走到那里，我曾经傻乎乎地昂起小脑袋问牵着我的手去看联谊演出的母亲："姆妈，哪能有噶许多月亮？"那时，我印象最为深刻的演出是三个十岁左右的小女孩演的越剧《断桥》。在宫殿般的礼堂里看江南古典戏曲的演出，对我而言还是第一次，唯美的舞台，同龄人的精彩演出，让我回家后足足兴奋了一个月。从此，这座宫殿般的大厦就成了我记忆中最美丽的房子了。

上海展览中心是海派建筑中的另类，它为上海带来了俄罗斯古典主义的美学趣味，复活了我们在托尔斯泰和普希金的作品中读到的位于圣彼得堡的叶卡捷琳娜女皇宫殿的记忆。如今，即便它被周围的现代建筑新贵们包围，那和谐的比例、雄伟的体量以及壮观华丽的风格所营造出来的那份无可匹敌的美感依然使之傲然地屹立在南京西路上，从骨子里透出一种君临一切的豪迈气势。只是在那份骄矜中多少显露出一种漂泊天涯的落寞和无奈。因为，半个世纪以来，这种俄罗斯古典主义风格的建筑在上海几乎成了一种绝响。前无古人是肯定的，而到目前为止还尚无来者。与留存在这个城市各个角落的花团锦簇的西洋建筑相比，孤孤单单的它怎么能不寂寞呢？

但也正是因为这种与众不同，使这幢建筑格外令人瞩目，更何况它的栖身之地还有着不平凡的过往。老上海都知道这里曾是昔日上海滩最大、最豪华的私家花园爱俪园，有"海上红楼"之誉，俗称哈同花园，当年是沪上一大盛景。爱俪园虽然是哈同的私人花园，但它却串起了上海滩一段历史，里面发生的许多事件都和这座城市的文脉息息相关。要读懂上海展览中心，先要了解哈同花园，它显示了上海文脉的传承。

随风而逝的"海上大观园"

哈同是英籍犹太人，他于19世纪后期来到上海，任职于另一位著名犹太人老沙逊的洋行，并以贩卖鸦片、投放高利贷而发迹。1901年，他办起了"哈同洋行"专营地产生意，成了上海滩有名的第一大富豪。有了地产，哈同夫人罗迦陵就想建造一座上海滩第一流的花园住宅，这位笃信佛教的贵夫人请来了从东瀛归来的、清末四大怪僧之一的乌目山僧黄宗仰为他设计建造。这位乌目山僧居然参照《红楼梦》里大观园的布局设计构思出了园景草图，并全力监督园子的建造。这幢园子搭建了整整七年，终于建成一座中西合璧的大花园住宅，这就是爱俪园。园名是由哈同夫妇名字中各取一字组成。因为哈同的中文名字叫欧司·爱·哈同，哈同夫人是中国人，自称有一半法国人的血统，姓名罗迦陵，又名罗俪，英文名字叫俪穗·哈同。"爱俪"两字命名的含义蕴涵着"愿后世有情男女，步我俩伉俪笃深"之意，没想到这个犹太富豪还是个生性浪漫的情种。

哈同夫妇的爱俪园于1910年建成。这是一所中国古典式园林，正门朝向今南京西路，朱漆大门，大门上方横匾上有"爱俪园"三字，是书法大师高邕的手笔。全园分为内园与外园两大部分，园内五步一亭，十步一阁。乌目山僧犹如《红楼梦》中的贾政，他煞费苦心地为园内每一处都冠以充满诗意的名字。外园有"大好河山""渭川百亩""水心草庐"三大景区。大好河山景区为全园之胜，其以爱夏湖为主体，绕湖四周筑有观鱼亭、慢舸、小瀛洲、方壶、

迎仙桥、藏机洞、石坪台、挹翠亭、冬桂轩、
九思顾、延秋小榭、涵虚楼、铃语阁、舍利塔、
山外山、逃秦处、锦秋亭、蝶隐廊、串月廊、
引泉桥、柳湾、万生囿、赊月亭和飞流界等景
点。渭川百亩景区有笋蕨乡、卍字亭、千花结
顶塔、石笏嶙峋、梅园、绛雪海、望云亭等景
观。水心草庐景区有梅墅、澹圃、湖心亭、九
曲桥、万花坞、烟水湾、泻春潭、思潜亭、兰
亭修禊、柳堤试马、阿耨池、曼陀罗花室、藏
经阁、女前垣、迎旭楼等。近外园大门有海棠
艇、苣兰室、看竹笼鹅、黄檗山房、接叶亭、
听风亭等。外园东南部尚有玉蝶小桥可通养生
池、频伽精舍、家祠、鉴鸿亭、春晖楼等处。
内园自"欧风东渐阁"入，设有黄海涛声、戬
寿堂、天演界剧场、仙药阿、椒亭、风来啸亭、
半面亭、西爽斋、文海阁等，由涌泉小筑出外
园，有二十余处佳景。内外园共八十三景。园
中有楼八十幢，台十二座，阁八个，亭四十八
座，池沼八处，小榭四所，还有十大院落，九
条马道，曲径小路无数，楼台亭榭、山水桥梁、

美景纷呈，故有"海上大观园"和"小颐和园"之美称。余生也晚，未能有幸睹其胜景，但光听这些名字就可以焕发无限想象，所以我不嫌其烦地把它们写出来以飨读者，看来这个乌目山僧确非凡俗之辈，他精心营建的爱俪园似乎可以和曹雪芹笔下的大观园媲美了。哈同爱他美丽的妻子罗迦陵，对她的话言听计从，罗迦陵便挖空心思地想出各种各样的点子来满足自己的欲望。爱俪园入门处建有哈同和罗迦陵的铜像，前清灭亡后，爱俪园收购了几个太监，两人便俨然以皇帝太后自居。太监们见到哈同夫妇，甚至他俩的铜像，都要行跪拜礼。园中还接纳了一班遗老入住，以点缀风雅。每年七夕，罗迦陵生日，这些宾客身着朝服翎顶在园中行礼。罗迦陵身边还有一位宠信，即园中总管姬觉弥，犹如慈禧太后身边的李莲英。

爱俪园是哈同夫妇长期居住的地方，也是上海社会名流和政界要人经常聚会的地方。徐悲鸿早年到上海，曾被介绍到此画仓颉像，并在此与蒋碧微相识，由哈同资助出国留学；当年，北洋政府代表王揖唐也曾在爱俪园憩息了一段时间；章太炎和汤国梨的婚礼是在园中的天演界里举行的，证婚人是蔡元培先生；护国运动的功臣蔡锷将军在东渡日本就医之前也曾在园中养病，蔡元培等人也在园中小憩过。1911 年 12 月 25 日上午，孙中山先生从海外返国，当日中午哈同在爱俪园举行盛大的欢迎孙中山的宴会，并在园内合影留念。1912 年 4 月 3 日，孙中山由南京抵达上海提倡民主主义和著书立说，因哈同夫妇之邀，入住爱俪园侍秋吟馆内。孙中山入住后，每天清晨从侍秋吟馆步出，经过一条花叶繁茂的长廊到听涛亭伫立片刻，哈同夫妇也每天一早就候在亭前迎接，互道问候后，孙中山便叩击厅内铜钟，钟声响彻整个爱俪园。每天下午，孙中山在馆内写书，乌目山僧天天侍奉在侧，畅谈国事。乌目山僧建议哈同将"侍秋吟馆"改名"仙药窝"，寓意为孙逸仙(中山)酿制救国救民之良药的安生窝，并亲自题写横匾，挂在客厅里。又把孙中山每天散步的长廊题名为"欧风东渐"，意思是孙中山将欧洲的新风引进了东方大国。中国历史上有名的1912年、1919年两次"南北议和"均是在爱俪园秘密举行的。哈同为了表示拥护孙中山的"三民主义"，将爱俪园西首建造的几条石库门弄堂都以"民"字为首，如民德里、民裕里、民富里、民厚里等，连哈同洋行所在的楼房也定名为民裕大楼。

哈同夫妇有钱也乐于花钱，1917年，他俩做"百廿大寿"，爱俪园内大摆筵席半月余，每天由三家酒菜馆送来二百桌酒席，园里还请来中外戏班，天天演戏。最热闹的场面是全园张灯结彩迎接清朝隆裕太后之母老福晋，也是罗迦陵的干娘来园的盛会。

为了保持哈同花园周围的安静，当局在铺设有轨电车时，特地从静安寺的静安寺路（今南京西路）向北绕到赫德路（今常德路）、爱文义路（今北京西路），再到卡德路（今石门二路），然后回到静安寺路，向东沿着大马路（今南京东路）到达终点站外滩，整个绕开了哈同花园。

1924年4月13日上午，印度诗人泰戈尔在徐志摩陪同下来到哈同花园，观赏了园内珍藏的名贵佛教典籍。爱俪园还先后举办过三次大型义赈活动，哈同捐出的难民救济款高达数百万元，是上海最大的慈善家。

哈同夫妇婚后无生育，他俩收养了许多中西孤儿。爱俪园藏经阁后面的"仓圣明智中学"是女学生们读书住宿的地方。1914年园内创办了中国最早的佛学大学华严大学，后改为仓圣明智大学，由罗迦陵担任校长，开学那天请了从日本回来的康有为主持，聘请近代著名国学大师王国维、罗振玉、康有为等讲学，并刻印出版了学术著作《学术丛编》。

1931年，哈同逝世，6月22日在爱俪园举行了由上海各界人士二千余人参加的正统犹太人葬礼，哈同遗体埋葬在爱俪园大草地下。1941年，罗迦陵逝世，也葬在爱俪园内。抗战期间，爱俪园被日军占领作为营地，园内风景破坏殆尽，其间又遭火灾，唯有一角小楼至今尚存。这座矮小的三层小黄楼在上海展览中心北部，现为上海展览中心的行政办公楼，外表毫不起眼，实在无法和当年沪上房产大亨的豪宅联系起来。我进去看过，感觉唯一可以让人想起昔日辉煌的是教堂式的圆拱形大窗。

爱俪园凤凰涅槃成俄罗斯宫殿

爱俪园无可奈何花落去，空留下一大片令人唏嘘的废墟，昔日的辉煌已化成残垣败壁，在秋风夕阳下暗自哀伤地面对着门前南京西路的霓虹繁华，默默地期待着自己的涅槃重生。机遇总是会不期而来的，就像人类一样会置之死地而后生。很快，爱俪园的遗址将迎来它新的辉煌，并再次令世人惊艳。

日历翻到新中国成立后不久，中央为介绍世界上第一个社会主义国家——苏联的经济和文化建设成就，要在上海举办一个关于苏联的大型展览，并决定造一幢与之相适应的展览馆，根据分析比较，最终选择了在爱俪园废址上建造大型展览场馆。爱俪园的奠基开工选择在 1954 年 5 月 4 日，那天正是五四运动三十五周年和中国新民主主义青年团诞生五周年纪念日。第二年的 3 月 15 日，路过的人们惊喜地发现爱俪园原址上拔地而起了一幢具有俄罗斯风情的大厦，这幢名为"中苏友好大厦"的建筑成为新中国成立后第一座最大的、标志性景观建筑。

这座上海解放以后修建的第一幢展览馆是由苏联科学院院士、斯大林奖金获得者安德列耶夫，建筑结构工程师郭赫曼，建筑师吉斯诺娃等专家和苏联、中国工作人员七十多人参与设计的，建筑整体呈现出完美的俄罗斯古典艺术风格。大厦坐北朝南，正南为广场，广场中央砌筑一座喷水池，由长五十米、宽二十二米的长方形水池与直径十八米的圆形水池连接而成。池内有玻璃钢制成的荷花三十一朵，喷水时，池上水珠如帘，池内荷花怒放，并设置了音乐喷泉，随着音乐的变化，喷泉会不断变幻出不同的形象，有的似礼花、有的似彩虹、有的像皇冠，采用雾化水姿配以灯光，时而一片火红，时而满池翠绿，时而五彩缤纷。展览中心的建筑外墙为雍容华贵的乳黄色，整个建筑群由中央大厅、序馆（原工业馆）、东一馆（原文化馆）、西一馆（原农业馆）、友谊会堂（原友谊电影院）和东二西二两馆（两馆为20世纪80年代补建）组成，并附有东西两个角亭，分别由二百多个硕大的廊柱和长廊连接起来，形成一个建筑群，廊柱上的石膏花饰繁复精致，整个建筑气势恢弘。院内有一条环形马路及六处广场。威严的拱门，硕大的廊柱华丽恢弘。建筑主楼为逐级收缩的正方形，包括夹层共十七层，称之为中央大厅，其顶端的主钢塔用钢板制成，外复压花紫铜皮，再以镏金处理。塔身呈八角形，底座安装在十三楼的楼面上，塔身蹿出十四楼，直指高空，上面再焊接一颗直径为三点五米的红五星。周围有四个镏金小亭，金碧辉煌。从地面到金顶高度达一百一十点四米，超过了当时上海最高的国际饭店，在阳光下闪耀着柔和典雅的金光。夜晚，古典的金顶又变得如同水晶宫般玲珑剔透，塔尖上的镏金五角星宛若熠熠的金星闪耀在上海的夜空。踏进接待过无数人民代表的中央大厅，令人恍入俄罗斯宫殿。抬头仰望，高达十三米的穹形天顶上一轮轮灯光依次排开，湖绿色的背景把形态各异、做工细腻的花饰衬托得分外鲜艳，浅红色调的磨石子地坪上红花绿叶的纹饰美轮美奂，令人不忍心踏上去。最令人叹为观止的，当数随处可见的二百余款形态各异的石膏花饰，它们有的如翻腾的浪花，跳跃在屋顶墙角，有的似典雅的玫瑰，星星点点地散落于回廊之中，还有的像层层麦穗，整整齐齐地环抱高耸的柱头。开馆前，苏联建筑专家安德烈耶夫激动地说："我由衷地对中国知识分子和工人表示钦佩，像这样伟大的建筑，只用十个月时间建成是一个奇迹。这样精致高大的铜雕大门和各种各样的华丽精致的吊灯，艺术性做得这么强也是令人信服的。"

上海展览中心大厦建成后，以其宏大的气势君临在南京西路上，当即轰动了整个上海。1957 年春天，苏联最高苏维埃主席团主席伏罗希洛夫来访，大厦张灯结彩，并在面临延安中路和南京西路的主楼上分别安装了用霓虹灯制成的巨幅中俄文标语，这两组霓虹灯的每一个字都有一人多高，远远就可看见。当伏罗希洛夫主席到达大厦门前时，早就迎候着的人们敲锣打鼓，燃放爆竹，少先队员们当场放出了一千羽雪白的和平鸽、一千只气球和悬挂着欢迎标语的六只大气球，飘扬在展览中心的上空，顿时成了一片欢乐的海洋。

一年一度的上海书展举办地

中苏友好大厦建成后成了上海市中心著名的人文景点。从1956年起，这里便是上海重要的会议和展览中心，中共上海市第一次代表大会就在这里召开。半个世纪以来，这里举办过许许多多重大的政治、外事活动，接待过党的三代领导人以及数十位外国国家元首、政府首脑，组织了上千场国内外展览和会议。1956年1月9日，毛泽东主席在陈毅同志陪同下，在这里与苏步青教授等举行了座谈会。毛主席对苏步青说："我们欢迎数学，社会主义需要数学。"1957年12月14日，周恩来总理在这里观看了绍剧《大闹天宫》，接见了六小龄童等演员。1972年周恩来总理在这里宴请美国总统尼克松；1996年，中、俄、哈、吉、塔五国元首在这里举行《关于在边境地区加强军事领域信任的协议》的签字仪式，上海市每年的两会也多次将会场设在这里。1968年，"中苏友好大厦"改名为"上海展览馆"，1984年改称现名——"上海展览中心"。每年举行的数不胜数的行业展览则使平常百姓也有机会走进这座华美的俄罗斯宫殿建筑。

从2001年夏到2002年1月，上海展览中心进行了有史以来规模最大的一次整修，这座宫殿般的建筑在新世纪焕发出了新的光彩。2002年2月，撩开面纱的上海展览中心以崭新的面貌迎来了上海两会的召开。如今的展览中心，南京西路一侧，正门是友谊会堂，在前边临街的草坪上有一座《飞跃的马》铜雕，是1987年由法国尼斯的一位艺术家阿曼创作的。

2004年7月28日至8月2日，第一届上海书展在上海展览中心举办，宫殿般的中央大厅里一条长五十五米、宽三点一米的中间主通道，被设计成近现代重叠"穿越"的福州路书店街，吸引了不少市民。海量的图书，开放宽松的购书环境，优惠的价格，把众多上海市民参与的热情凝聚了起来。从2004年开始，上海展览中心成为每年8月上海书展的举办地。上海题材的图书成了书展中颇受欢迎的书，一些出版社不约而同地主推"上海题材"的图书，突出上海这个城市的文化特色。在上海文艺出版社总社的展馆里，精心布置了一个当年的老式弄堂：青色砖墙下摆放着长条凳、小矮脚板凳；四周定做的老式书架上陈列着20世纪五六十年代的"老连环画"系列，仿佛时光倒流，让人回到儿时读小人书的场景。2006年的上海书展正式提出了"我爱读书，我爱生活"这一定位明确、更具吸引力的办展口号，以鲁迅手写体集成的"上海书展"四个字沿用至今。

从2004年到2020年，上海书展举办了十七届书展，成为文明上海一道最美的风景。

它精心打造"市民文化客厅"，营造市民的书香节日，已成为上海文化品牌的重要组成部分，也成为上海人民文化生活中不可或缺的一道风景。书展，这个一年一度的读书人盛宴让上海展览中心这座美丽的俄罗斯建筑充溢着浓浓的书香味。我是书展的常客，每年夏天都会冒着酷暑兴致勃勃地走进这个宫殿般的建筑，选购一大堆书。从2009年开始，我几乎每年都有幸在书展现场为读者签售自己的新书，坐在中央大厅临时搭建的舞台上，望着如织的人流，看着读者从中央大厅的楼梯蜿蜒排上二楼平台，手里捧着书等候签名，心里萌生出满满的感动。尤为难忘的是2018年8月17日，那天，风雨交加，但挡不住读者奔赴书展的热情。上午，由共青团上海市委、少先队上海工作委员会、上海市新闻出版局、上海图书馆、上海人民出版社共同主办的老洋房阅读之旅地图在上海书展中央大厅发布。我走上铺着红地毯的舞台做了分享，当中央大厅两侧的大屏幕上出现我的《花园洋房的下午茶》和《永不拓宽的上海马路》

（全三册）书籍的图像并伴随着我的演讲时，我的感动难以言说。那天，我还有幸在上海人民广播电台在书展现场所设置的展台和年轻的媒体人对谈，聊上海优秀历史建筑的故事。

美丽的上海展览中心已经融入我的生命，因为它承载了我生命中许多与书有关的美好时光，并感受到作为一名写作者的幸福。

承载上海滩商界传奇的兄弟楼

/ 惜珍

铜仁路路口东北面的南京西路 1418 号如今是上海市人民政府对外事务办公室，绿树环抱的花园里坐落着两幢呈东、西向分布的法国文艺复兴时期建筑风格的三层建筑。这两幢建筑是上海滩独一无二的兄弟楼，因为门庭森严，使得这两幢花园别墅显得有点神秘。兄弟楼的得名不仅仅是因为院内的两幢建筑体貌相似，风格一致，而且建造这两幢建筑的是鼎鼎大名的永安公司创始人郭乐和他的六弟郭顺。

上海滩商界传奇人物

中国现代公司是由上海南京路开始的已是不争的事实，而标志大都市商业现代化与现代

（上海市人民政府外事办公室　林海／摄）

公司时代到来的，是南京路上先施、永安、新新、大新四大公司的诞生。南京路因四大公司而成为上海最繁华的商业区。20世纪30年代美国记者霍塞为南京路上的这四大公司描绘出了这样一幅褪色的画："这些都是世界上最善招徕的百货商店。你跨进一家公司，发现这个地方正和外面人行道一样拥挤，显然密集在陈列商品周围的人群是外表比较富有的。"他接着又写道："你四面看看，从这个柜台闲逛到那个柜台。亚洲、欧洲和美国的货物都陈列在你的眼前。法国香水、苏格兰威士忌酒、德国照相机、英国皮革制品以及使人眼花缭乱的大宗中国货物：棉布衬衫、香烟盒、玩具、睡衣裤、人工制的花卉、妇女的拖鞋、戒指和手镯、绸缎。"所以，那时的上海滩被称为"东方的巴黎"。

四大公司的形成、拓展及壮大，显然是一个将世界眼光和理念与中国特色有机地融合在一起的过程，这四家公司中论规模、实力、赢利和海外知名度，当首推永安公司。在当年十里洋场的南京路上，永安公司无论从名气还是商业业绩，都是首屈一指的。

南京西路上的兄弟楼便是郭氏兄弟在事业鼎盛时期建造的，郭氏兄弟是上海滩商界传奇人物，分别位于南京路东西两头的永安公司和兄弟楼记载着上海滩的一段商业传奇。兄弟楼所在的南京西路，当时被称之为静安寺路。而永安公司所在地，如今已成为名扬中外的南京东路步行街了。

在悉尼掘得人生第一桶金

郭氏兄弟是从广东中山秀园村辗转来到上海的移民，用时下的话来说，他们是当年的新上海人。郭氏家族世代务农，1890年，家乡遭遇累月暴雨，洪水泛滥，带来饥荒。年届十八岁的郭乐不得已前往澳大利亚谋生，他在悉尼当了两年菜园工人，之后买上一辆手推车，做起了沿街叫卖菜瓜的生意。悉尼有一家华侨开设的永安栈果栏，即水果杂货店，因经营不善，连月亏本，店主招贴告示："招人接盘"。郭乐邀集在悉尼的同乡好友马祖星、梁创等七人集资接盘了永安栈，大家一致推选郭乐任司理即企业负责人。

1897年8月1日永安栈果栏正式开张，以后这一天就成为永安集团公司的纪念日。果栏除水果生意外，还兼营土特产、杂货业务，做批发兼零售。土特产是从中国贩运来的家乡货物，有土酒、核桃、花生、药材、爆竹以及洋人喜欢的中国丝绸、瓷器、刺绣等。郭乐经营有方，赚了不少钱，并接连开出了三家分店。由于在澳大利亚的大哥早已病故，郭乐便先后把四弟郭葵、五弟郭浩、六弟郭顺从家乡接来澳大利亚悉尼分掌店务。为了进一步拓展事业，郭乐写信给在香山老家的三弟郭泉，请他出山襄助。郭泉十五岁时随乡人到檀香山，在律师那文的门下当杂务工，工作之余在夜校学习英文，并学会了夏威夷语言，又向律师学习商业法律。一年后他转入英国领事馆工作，因感觉经商收入多，便辞去英国领事馆工作，在夏威夷经商，积攒了钱财后，回到家乡娶妻成家，生儿育女。在家乡两年，有了长子琳爽、长女华章。接到郭乐的信后，他离别妻儿，远渡重洋来到澳大利亚，与兄弟共创事业。郭乐兄弟在澳大利亚的生意越做越大。1903年，郭乐与当地永生、泰生两家华侨果栏合作，在斐济开设生安泰公司，进行一条龙的垄断经营，拥有七个大香蕉园和十八个中小香蕉园，蕉工一千二百人，公司有自备拖带木船的小货轮。生安泰公司投资最多的大股东是永安果栏，司理即总经理由郭乐兼任。与此同时，郭乐利用与当地外国银行及国内钱庄业务上的关系，由永安果栏新设一个办理华侨存款与汇兑的业务，华侨同胞信任永安果栏，都把历年积蓄存到永安，华侨的大量存款对永安拓展事业、积聚资金起到了极大的作用。

当永安果栏的批发业务扩展到一定程度后，郭氏兄弟又将眼光瞄准了现代化大型百货公司。1907年8月28日，香港永安环球百货公司在皇后大道开张了，三弟郭泉任司理。两年后，郭乐将果栏交与四弟郭葵和六弟郭顺负责，自己亲自抵港筹划，营业大有进展，后出任总监督，相当于董事长。1912年，永安增资为港币六十万元，由合伙组织改为股份有限公司，并迁至德辅道新建的四开间门面的商铺。"顾客是上帝"作为英、法、美等西方国家大公司的经营名言被永安接受，香港永安百货公司事业蒸蒸日上，到1916年再次增资为港币二百万元，铺面扩张到三十间，成为世界上大型的环球百货公司。郭氏兄弟开始向多元化商业发展，并经营房地产业，由此带来了巨额财富。

到上海创建现代化百货公司

20世纪初，上海民营工商业呈现一派繁荣景象。当时，在英租界大马路（南京东路）上外商开设了福利、惠罗、汇利、泰兴四大百货公司，一批中华老字号名牌商店也从老城厢迁到了南京东路。1914年，澳大利亚华侨富商马应彪投资六十万元港币在南京东路浙江路口建立了先施公司，眼光敏锐的郭乐也看准了这块商业宝地，决定到南京东路上开设永安公司。经过反复调查观察，最后看中了今南京东路浙江中路口。当时，这里南北行驶直达火车站的电车已接通，繁荣景象指日可待。那么究竟把商场设在南京路南侧还是北侧呢？为测定两边行人流量，他们特地雇用了两个人，每人左右肩各背一个布袋，一个口袋是空的，另一个则装有黄豆，两人分别站在浙江路南京路的南北两侧，从清晨站起，一直站到夜深戏院散场，路上走过一个人就取一粒黄豆放到空袋子里。经过多天的测定，统计出南京路南侧的行人流量较多，同时，还发现上海富裕人家大多住在南京路以南的法租界高级住宅区，他们到南京路购买物品大多是从西南方向过来。于是，郭乐拍板把永安公司大楼建在南京路沿浙江路的南侧，即先施公司的对面马路一边。由于南京路市面热闹，地价倍增。郭乐选定的这块八亩多的地皮是"上海地皮大王"哈同的产业，郭乐以每年租金白银五万两，租约期三十年，期满后土地以及土地上的建筑等全部无条件归哈同所有的"霸王条约"租下。1916年，上海永安公司大楼破土兴建，不到两年，一座英吉利式钢筋混凝土结构的六层大楼矗立在先施公司对面的南京东路上。1918年9月5日永安百货公司正式开张营业，郭乐以总监督身份常驻上海。

经受过英、法、美等西方国家大公司经营理念熏陶的郭乐把"顾客是上帝"奉为永安公司的经营宝典。他一再强调，售货服务要使踏进永安公司的每一位顾客都能称心满意而去，这样，他们下次就会乐意再来。为此，郭乐在商场大门口和楼梯口安排了笑容可掬的接待员"导卖"，顾客选购时，营业员必须彬彬有礼、不厌其烦地回答顾客提出的各种问题。公司开张初期，从香港永安公司调来一批广东籍职工，因他们听不懂上海方言，无法和顾客交谈，郭乐便特地聘请了一名会上海话的广东籍教师给他们上课，教授沪语。郭乐还聘请了一名英语教师，利用工余时间教职工英语，所以永安公司的职工一般都能用英语接待外国顾客。

郭乐还把"Customers are always right！"（顾

客永远是对的）这句话作为公司职工的律令，并用霓虹灯制成英文标语，高悬在商场显眼处，让顾客知道他们是受到永安公司尊敬的。郭乐认为："得罪了一个顾客，就等于赶走了十个顾客；接待好一个顾客，等于拉来十个、一百个顾客。"营业员要拉得住顾客，必须熟悉商品的性能、特点、使用方法以至调试安装，并不厌其烦、和颜悦色地为顾客挑选货物。永安公司规定，营业员若得罪顾客，轻则警告、记过，重则开除。郭乐还派高级职员巡视商场，监督营业员的服务情况。他还经常亲自巡视商场，看到有顾客空着手出去，就要向营业员寻根刨底地探究买卖未成交的原因。

针对当年十里洋场盛行送礼的习惯，永安公司还特设专供送礼用的商品。郭乐强调要"独具慧眼"，所进送礼用的商品，一定要式样新颖奇巧，质量上乘。他针对国人喜欢讨口彩的心理，将"永安"两字标在贵重礼品上，深受顾客欢迎。公司还备有送货车，一些腰缠万贯的富户，每逢年节都会给永安公司开出一份清单，上面写明礼品名称，受礼人的姓名、地址等，让永安公司派人送去，有时一送就是几十份，甚至上百份。永安公司在代客送礼的过程中发现，送礼人指定的礼品，受礼人不一定喜欢，他们就发行礼券。这样，受礼人可凭礼券到永安公司任意选购自己满意的商品。永安的礼券备货充足，品种齐全，而且礼券上还印有"永安"二字，口彩好，惹人喜爱，深受顾客欢迎，故特别好售，公司也由此得以利用到一笔为数可观且不用付利息的社会资金。为扩大影响，吸引顾客，郭乐还从上海、苏州、杭州等地买进大批制作旗袍的丝绸，陈列在二楼橱窗，并在二楼搭建舞台式台阶，中间由高到低，外面用黑丝绒制成了一幅幕布，看上去像是一座剧院，然后挑选了十名年轻、漂亮的公司女职员，用鲜艳的绸缎，为每人做了五件式样不同的旗袍，表演时轮流更换，还有乐队伴奏，使顾客耳目一新。每次表演二十分钟，上午表演两次，下午表演四次。顾客观看完时装表演后，不少人会到外面柜台上去选剪模特身上穿的绸缎，营业额一下子增加了十倍。

在郭乐的精心经营下，到1930年，公司的资本总额由开张时的二百万元增至一千一百七十万元，郭乐成为中国的"百货大王"。

事业鼎盛期兴建兄弟楼

郭氏兄弟到上海创业时，曾栖身于四川路三和里内的一幢老式石库门房子，这里既是香港永安公司的驻沪办事处，又是他们的住家，比较简陋局促。1920年郭氏购得法租界居而典路（今湖南路）的一块十几亩的土地，兴建了一幢洋房，旅沪的郭氏家族全居住于此。虽家族和睦济济一堂，但毕竟带来许多生活上的不便，于是他们又找到地产大王哈同商议购地事宜。早在1910年，哈同就在静安寺路（今南京西路）和长浜路（今延安西路）之间建造了爱俪园，当时还留有一块位于静安寺路北、哈同路（今铜仁路）东，时称"夏家宅"的八亩多土地，由于被静安寺路分割在另一边而未划入哈同花园，于是，哈同就将这块土地卖给了郭乐。1926年，郭乐、郭顺兄弟就在这块土地上开始兴建自己的豪宅。

兄弟楼的设计者是公和洋行（Palmer & Turner），这家洋行于1891年前创办于香港，20世纪初进入上海。1916年前，他们设计、监造的外滩4号联合大楼和汉口路193号工部局大楼，留下了极佳的口碑。永安公司即由该行设计，永安公司老板郭乐与公和洋行的威尔逊关系密切，于是兄弟楼也委托威尔逊设计了。

此楼由陶桂记负责建造。这个陶桂记的老板本名陶桂松，出身贫寒，从川沙乡下到上海瓦筒厂做木模小工，但此人十分勤奋，肯吃苦。1916年永安公司建造时，他虽然只是在永安公司建筑工地上的一个瓦筒小包，但他对工程十分尽心尽力，每天早出晚归。承建永安公司的老板魏清涛有时去巡视，经常看到他深夜还在工地上工作，于是便看中了他，有意识地将自己手头的一些工程发包给他，每一项他都完成得很出色，四年后居然开了一家以自己姓名前两字命名的陶桂记营造厂，自己做了老板。

1921 年，郭顺出任兄长郭乐创办的上海永安纺织公司经理。他交友广，情商高，办事能干，永安纺织公司开办仅十年，就先后开设了三个分厂。1923 年，坐落在兰州路上的一厂首先开工建造，由陶桂记承建，落成验收时厂房质量上乘，令郭顺非常满意。三年后，郭顺兄弟筹建兄弟楼，郭顺和兄长郭乐商量后决定把兄弟楼也交给他建造。陶老板自然知道这项工程的重要，这关系到自己今后在上海滩的地位，所以接下工程后，全心全意地投入，尽管计划造价不菲，但因陶老板在用质用材上挑选的都是当时一流的，在建造中也是力求精益求精，导致工程大大超支。整个工程用了两年，陶老板不惜贴进去自己的老本才如愿完成，从此就与郭氏兄弟结下深厚友谊。他们毫不犹豫地把吴淞路上的永安第二纺织厂和今淮安路上的永安第三纺织厂都交给他承建，陶老板由此积累了雄厚的资金，并在沪上建筑业中赢得了良好的口碑，生意越来越好。1934 年，永安新厦招标，陶桂记顺利中标，承包了永安新大楼的全部地面工程。

看来，兄弟楼的建造还无形中成就了老上海的一家营造商。

建筑蕴涵中西结合的海派风格

具有敏锐商业眼光的郭乐兄弟没有选错人，设计师和营造商没有辜负他们的重托。这幢上海造房历来有"哥东弟西"之风俗，故东侧的一幢由兄郭乐居住，西侧的一幢则由弟弟郭顺所居。因为同在一个花园内，两幢建筑必须风格统一但又不能雷同，这对设计师是个严峻的考验。我想当初威尔逊肯定绞尽脑汁，画了无数草图。现在我们看到的这两幢建筑风格基本一致，立面对称，细部存有差异。在同一幢房子相连的三层内廊还使用了三种不同的柱式，这在上海近代建筑中是罕见的。东西两幢建筑虽属西洋式，但因业主、营造商是中国人，所以建筑带有明显的中国传统风格，尤其是室内格局有点类似于中国传统建筑的三间二厢房的平面布局。

兄弟楼两幢房子在同一条水平线上，面向南侧花园，从南京西路花园前大铁门进入，中间是一条宽阔的水泥混凝土通道，两幢房子分列两边，轿车可以直达住宅门口。通道两侧是一个占地一千七百平方米的共用大花园，这在寸土寸金的南京西路实属难得。园内树木葱茏，花草遍植，并筑有假山、小桥、亭台等，尽显中式园林的曲径通幽之美。在绿树掩映下有一个古典雅致的用进口意大利白色大理石砌筑成的塔状喷水池，清澈的池中塑有一座古希腊神像作眺望蓝天状，这就又有了西式园林的特色。四周围有高墙，隔绝了外面的车水马龙，幽静而又隐秘。郭乐兄弟闲时可在花园内散步，切磋事业，家眷和孩子们也可在园内嬉戏，尽享天伦之乐。

两幢住宅都为三层楼，外墙使用汰石子，屋面有较陡的坡度，壁炉烟囱凸出屋面。住宅南立面正中设塔什干柱式门廊和台阶，二、三层楼两侧对称设置外挑阳台，二层阳台是爱奥尼克柱式，三层阳台是科林斯柱式，门廊上部二、三层中间设置外凸于东西两侧的阳台，尽情展露出希腊柱式之美。住宅顶部的女儿墙做成古典的宝瓶透空栏杆，与正中的门廊和阳台浑然一体，显示出讲究立面平衡对称的欧洲古典式建筑特点。两幢住宅略有不同的是西楼门廊和阳台为圆弧形，稍显活泼，以区别于东楼。东楼门前还卧着一对石狮子，造型却是西方风味的，内涵深远。两幢建筑的室内装修追求法国古典主义豪华气派，采用高级柚木。住宅内部空间处理活泼且富于变化，门廊顶部的平顶石膏花式精致，在花纹中心装置吊灯。底层的门厅及大小客厅全用柚木作护墙板和嵌花地板，室内门框也采用出檐和立柱做装饰，有很强的立体效果。天花板上饰有彩绘浮雕，每间房间的浮雕图案各不相同，而大量使用水果、花草经重组后的图案，表明主人并没有忘记当年以永安果栏起家时的艰辛。主楼梯设在底层北面中央，楼梯宽阔并带有转角平台，扶手及护栏花纹精致。二、三层楼原是主人的卧室、起居室和卫生间等用房，房内皆设壁炉，且色彩、造型各异，具有纯真的法国古典风格。

当年，面向静安寺路的郭氏"兄弟楼"与有"海上大观园"之称的犹太巨富哈同的爱俪园隔马路相望，西沿哈同路（今铜仁路），东侧原为英商汇丰银行高层人物寓居的花园住宅群（现已改建为上海商城），其地段身价确非一般市民所能问津。

郭氏兄弟楼建成后，郭乐因业务关系，频繁往来于沪港两地，断断续续在里面住了十年左右，而郭顺主要负责上海方面的业务，他在这幢楼里住了二十来年。抗战爆发后，日本当局曾强迫郭乐与其合作，郭乐不从，不久避难香港。1939年，郭乐以中国代表身份携中国工艺品出席在美国旧金山举办的金门博览会，后在旧金山及纽约两地主持开办永安公司。不久太平洋战争爆发，他不得已滞留北美。抗战胜利后，郭乐眼看永安公司遭受的巨大损失，内心忧患至极，至血管爆裂，造成半身不遂。1956年10月，郭乐在美国病逝。郭顺在抗战胜利后，将永安纺织公司业务交给他的侄子郭棣活负责，自己赴美发展，晚年寓居香港。

陕西路

Shanxi Road

面粉、棉纱大王的海上豪宅

/ 惜珍

在陕西北路 186 号门前有一排长长的厚实坚固的石砌矮墙，雕花的线条简约柔软，显示着一种低调与显赫。墙头伸出婆娑的樟树枝叶，围墙里绿荫掩映下有一幢建于 1918 年的具有法国古典主义建筑特征的城堡式三层洋楼，它堪称陕西北路上最美的大花园洋房。建筑大气恢弘。卓尔不群，转角处呈六角形突出，上覆浅红色圆形穹顶。站在陕西北路远远望去，一大片绿树丛中隐隐显现出一抹微红，犹如一朵含苞欲放的硕大牡丹花，只是颜色有点黯淡，倒是透出几分古雅的味道。

这幢洋楼是当年上海滩为数不多的顶级豪宅之一，也是如今上海滩保存最完好的最为高雅的花园洋房之一。它是旧上海棉纱、面粉大王荣宗敬的故居，人称荣氏老宅，又称荣家老公馆。荣氏家族，是以荣毅仁为代表的中国民族资本家族。他们靠实业兴国、护国、荣国，在中国乃至世界写下了一段辉煌的历史。荣宗敬先生和他的弟弟荣德生是民国时期的"棉纱大王"和"面粉大王"，先后共创办了几家企业，被誉为中国最大的资本家，20世纪初期这幢豪宅里商政名流出入频繁，歌舞宴会不断。当年，荣宗敬在这里呼风唤雨，屡创民族资本神话。建筑包含的人文价值决定了它独一无二的历史地位。

一肩行李闯荡大上海

都说建筑是人的精神塑像，当我们走进这栋建筑的时候，它的外观和内部细节，可以解读出主人的性格。那么，我们先来看看荣宗敬是一个怎样的人。

用现在的话来说，荣宗敬是新上海人。他出生于江苏无锡，距今一百多年前，十四岁的荣宗敬一肩行李来到上海。他最初只是南市一家铁锚厂的打工仔，后来又进了上海永街豫源钱庄当学徒，三年学艺满师，跳槽到南市森泰蓉钱庄当钱庄的业务员，深得客户信任。1895年，中日甲午战争爆发后，森泰蓉钱庄倒闭，二十二岁的荣宗敬只能回到老家无锡。比他小两岁的弟弟荣德生十四岁时到上海通顺钱庄当学徒，三年学徒生涯练就了一把铁算盘，一手好书法，满师后跟随父亲到广东三河县河口厘金局任账房。三年后任期届满，因未得连任通知，父子俩只得回到无锡。

父子三人赋闲在家，兄弟俩商量后，决心再次闯荡大上海，从熟悉的本行做起，开一家钱庄。于是荣家父子出资一千五百两，招股一千五百两，于1896年在上海鸿生码头广生钱庄正式开业。荣宗敬任经理，荣德生任副经理兼账房，主管业务。主要经营无锡、江阴、宜兴等地的汇兑业务，一年后，业务扩展到了常州、常熟、溧阳一带。1897年合伙的股东觉其收益不高，宣告退股。于是，荣氏兄弟开始独资经营，但业绩平平。1900年，华北地区掀起了义和团运动，不久，八国联军入侵津京，战争开始后，有关当局在上海与各国驻沪领事订立《东南保护条款》，又称为《中外互保章程》客观上使上海免受战火破坏，上海成了全国富豪的避风港，大官僚、大商人连人带财富挤进上海租界，成千上万的银两汇入上海，汇兑业务繁忙，贴利倍增，致使上海的钱庄业跨入黄金时期，很快荣家的广生钱庄就赚了七千余两银子，乱世的机遇给荣宗敬兄弟带来了资本积累的第一桶金。

荣宗敬与荣德生兄弟从各方面调查后确信，面粉工业是潜在发展的新兴事业。于是，四年后，荣家第一个企业保兴面粉厂诞生了，当时虽然只有四台法国石磨，每天日夜班生产面粉只有三百包，但却标志了荣家事业的起步。

第一次世界大战带来机遇

保兴面粉厂生产的面粉一时难以打开市场，荣氏兄弟就在经销上动脑筋，在面馆、饭店"先试用，后结账"，首袋面粉回扣佣金五分，经群众食用，证明面粉无毒，消除了人们对洋面粉的疑团。1903年，保兴面粉厂改名为茂新面粉厂，聘请有经验的销售经理开辟天津等地的北方市场。1904年，东北发生日俄争夺势力范围的战争，俄国人在东北开设的面粉厂大多数停工减产，战争双方都需要军粮，东北、华北的面粉价格节节攀升，茂新面粉在东北畅销，供不应求。荣宗敬抓住商机，扩大茂新规模，投入最新机器，扩建厂房，每天日夜班生产面粉八百包，当年获利六万六千两白银，偿清债务后，还赚出了两个茂新厂。1909年，荣宗敬向美国恒丰洋行协商以分期付款的方法购进美国最新式面粉机十八台，并扩建厂房，每天日夜班可产三千包至三千八百包，商标改用"兵船"，表示可以与舶来品媲美，终于创出了中国面粉名牌产品——"兵船"牌面粉。至1912年，盈利已有十二万八千两白银。1913年，荣氏又在上海新建福新面粉厂。

1914年发生了第一次世界大战，这是一场主要发生在欧洲但波及全世界的世界大战，当时世界上大多数国家都卷入了这场从 1914 年 8 月延续到 1918 年 11 月的战争。在 1914 年至 1922 年期间，即第一次世界大战及其稍后一段时期，中国民族工业有了迅速发展。因为第一次世界大战期间，英、法、德、俄等国忙于战争，生产受到破坏，致使外国来华商品和资本输入的总额显著减少，而出口总额大量增加，从而有力地刺激了中国民族工业的发展。以轻工业和日用品制造业发展最快，其中又以纺织业和面粉业最为突出。从 1912 年到 1921 年间，荣家建有四个茂新厂、八个福新厂，共计十二个面粉厂，占全国民族资本面粉厂生产能力的百分之三十一点四，荣宗敬先生被誉为"面粉大王"。从 1915 年自上海建立棉纺申新一厂到 1931 年的申新九厂，荣氏共拥有九家棉纺织厂，申新系统各厂的棉纱、棉布生产能力，占全国同业的百分之二十八点六，荣宗敬先生又被戴上了"棉纱大王"的桂冠。

　　荣氏兄弟从开钱庄到成为商业巨子的秘诀，在于他们的一生总是比同时代的人站得高

南西逸境

并富有远见卓识。荣宗敬兄弟俩在兴办实业之初，就有一个设想：将来投资衣食工业。他们的计算是：面粉为食之所需，纱、布为衣之所需，并且面粉生产需要大量布袋，纺织生产需要大量浆纱面粉，"粉纱互济"可以降低两者的成本。除了抓住机遇、富有远见之外，荣宗敬还颇有开拓冒险精神，他当时采用了比较冒险的抵押贷款方式，开办新厂后抵押掉再办新厂，这种冒险的方式在那个特殊年代也是荣氏商业帝国急速扩张的一大法宝。到20世纪30年代初，荣家已拥有了茂新、福新、申新三大系统共二十一家工厂，所生产的"兵船"牌面粉和"双马"牌棉纱行销海内外，成了名扬中外的华人著名企业"三新财团"。毛泽东曾说：荣家是中国民族资本家的首户。中国在世界上真正称得上是"财团"的，就只有他们一家。

这幢大花园洋房就是荣家在事业发展势头最强时置办的。据说它曾经是一个德国人的住宅，荣宗敬买下后进行了改建。我想，作为一个事业有成的企业家，他是会按照自己的心愿

陕西路

来改建自己的寓所的，这里不过是他买下的一个地皮，至于是否推倒重建，我不得而知。

低调外表下藏着令人惊叹之美

从陕西北路矮墙尽头的两扇镂花大铁门进入，是一条甬道，甬道右侧有太湖石、灌木丛、小亭子，甬道尽头是一个小门厅，门厅上部是罗马柱支起的半圆形阳台，这个门厅是荣宅日常进出之处。住宅中间是由平台和四扇玻璃大铁门组成的正门，面对一大片草坪和郁郁葱葱的树木。大楼的各个侧面由圆柱、圆弧形和凹凹凸凸带槽的块面构成，带有浮雕和纹饰的窗棂镶嵌其间，底层有宽敞的门廊和高大的廊柱。窗户的造型各具特色，主楼南立面设两层列柱敞廊，底层为陶立克柱式，二层为爱奥尼柱式，在空间效果和装饰上有强烈的巴洛克风格。住宅南侧面楼上楼下都是整齐的立柱，侧门也有漂亮的巨柱和石级。南侧门前罗马柱的围廊面向一片碧绿的大草坪，有石阶通往花园。

走进荣宅，你会感觉到它低调内敛的外表下隐藏着令人惊叹的美。这幢豪宅的门楣和窗沿上有精美的木制雕花，窗户镶嵌着彩色拼花玻璃，灯光下折射出奇异的光彩。从小门厅进入，左边护壁板上有一排挂衣钩，挂衣钩正中镶嵌着一面镜子。楼内几道楼梯勾连着参差起落的层面，甬道尽头通向宽敞豪华的大厅，楼下其余部分是花厅、餐厅和几个硕大的描金绘彩的客厅。顺着精致的雕花柚木楼梯上到二楼，可谓步步惊艳。许多房间甚至楼梯的顶棚上都由彩色拼花玻璃镶拼而成，天光透过色彩浓厚的玻璃顶棚照射进来，氛围灿烂神秘。有着彩色玻璃天顶的宴会厅是当年荣宗敬宴请贵宾的地方，这个连通三个卧室的宴会厅餐厅四壁呈暗色调，拥有华丽的壁炉以及具有历史感的装饰，顶上的天花板是由六十九块色彩不一的玻璃拼接而成，足足有四十五平方米，而中心是盛放的花朵，还以葡萄藤等植物花纹作为点缀，整块玻璃就像剪集在一起的彩色片段，在阳光下呈现出特殊的立体感，美不胜收。这个华美的空间适合为宾客举行正式晚宴，但荣宗敬和家人偏好在邻近的房间用餐，木质古典浮雕与室内的镶金工艺结合的护墙板，带流苏的窗帷装饰，带有明显的意大利文艺复兴时期的建筑特征。护墙板上的花饰多姿多彩，中西融合，有源于古希腊、古罗马的垂坠花环和齿状扁豆，有源于伊斯兰文化的缠绕枝藤、枝叶花卉以及中国传统的祥瑞图案等。

　　主色调为鹅黄色的日光室是主人休息、小憩、侍弄花草、修养身心之处。有多面窗户吸收阳光，彩绘玻璃窗上的复古和抽象的几何图案在荣宅中随处可见，但带有具象场景的面板却只有此处，这些图案的内容与其生活息息相关，既包括私人生活，也包括事业。一块面板上的图案为两艘小舟驰过一座高塔，可能暗指某个具有特殊意义的真实地点。1930 年，荣宗敬在故乡无锡的太湖梅园修建了一座塔，用以纪念他的母亲。另一块面板上，岸边的西式城堡和大风车象征着权力和工业，河流可能代表苏州河。20 世纪早期，荣宗敬在苏州河两岸兴建了多家面粉厂和棉纺厂，因此，这个图像是他从商起家的最佳写照。

在接受关于陕西北路的电视纪录片采访时，编导金嘉楠小姐问我从这幢建筑是否能解读出主人的性格，看出荣宗敬是一个怎样的人？写了那么多老建筑的故事，类似的问题还从没有人问过，但我觉得她提得很好，因为建筑里边其实藏着主人内心不为人言的秘密。当我在华美的荣宅徜徉时，深切感觉到这是一个有着强烈事业心，做事情追求完美，内心却又十分温柔的成功男人。荣宗敬先生的审美能力非常强，内心十分浪漫，这从他对色彩的偏好以及对光的偏爱中可见一斑，而他对母亲的感情也从玻璃彩绘的图案中表现出来。这幢花园住宅厚重得像一座城堡，很适合喜欢宏大浑厚的荣宗敬的心意，他称心如意地率领全家住在里面，运筹帷幄他的事业。荣宗敬先生把自己的家营造得如此美轮美奂，温馨宜人，是想有一个港湾。商场如战场，但他在这个自己精心营造的美丽港湾里可以获得片刻安宁。

安乐窝遭遇风刀霜剑

荣家花园的后墙挨着南京西路上的花园公寓。荣宗敬在这里生活了十几年。那时候，荣家宅院幽静如画，大厅典雅古朴，室内陈设着红木家具和昂贵的瓷器、古玩、盆景，厅堂正中高悬着李可染的《江南渔村图》。

然而，现实却是严酷的，他依然没有躲过风刀霜剑。

1937年7月日军挑起卢沟桥事变，由此发动了全面侵华战争。8月13日，日军侵犯上海，荣氏集团企业在战争中损失巨大，荣宗敬兄弟悲愤至极，荣德生被迫离开无锡到汉口，支撑着内地工厂。荣宗敬继续留在上海，利用"孤岛"有利环境，坚持生产。这时，日本侵略者在占领区成立伪政权，派汉奸胁迫荣宗敬出任伪职，他觉察到自己处境险恶，决定避居香港。1938年1月4日，荣宗敬为了不听命于日本人，深夜从陕西北路寓所后门出走，乘上他的朋友英商通和洋行经理薛克的轿车直驶黄浦江码头，然后搭乘加拿大的轮船远赴香港，离开了这幢大花园洋房。当他在月黑风高之夜离开这里远赴他乡时，内心一定是万般不舍的。到香港后他突患肺炎，加上心忧家事国事，于2月9日在香港养和医院去世，走完了他艰难创业的六十五年人生之路。一个月后，荣家的后人搭乘加拿大皇后号，将其灵柩运回上海。那年的3月19日，荣宗敬算是又回到了西摩路（今陕西北路）上的老家。

国民党政权倒台前夕推行的币制改革和限价政策，不久就导致了严重的通货膨胀，引起抢购狂潮，上海经济渐趋瘫痪。上海产业界人士纷纷迁资海外，寻求新的出路。在这场金融风暴前，荣家未能幸免。1948年11月，荣宗敬的长子荣鸿元因套购外汇被国民党政府判处缓刑，后交了一百万美元才算了结。心灰意冷的荣鸿元，不久就将鸿丰二厂纱机及设备售与大安纱厂，他则去香港另设大元纱厂，最后远走巴西，1990年客死他乡。他的弟弟荣鸿三、荣鸿庆和荣德生之子荣尔仁、荣研仁等也先后离开上海。2003年11月26日，是荣宗敬先生诞辰一百三十周年纪念日，这一天，在陕西北路186号举行了"荣宗敬故居"揭牌仪式，银底红字的牌子十分庄严，荣宗敬的三儿子荣鸿庆等祖孙四代亲临现场揭牌。

新中国成立后，荣宅北面底层的餐厅曾是由民盟创办的《展望》杂志办公地。《展望》是1947年10月在南京创刊的，1949年3月被查封。该年6月1日在上海陕西北路186号的荣宅复刊，成为上海解放后最早出版的一本杂志，至1956年才离开荣宅，后来很长一段时期，荣宅成为民主党派办公地。2002年，意欲大力开拓中国市场的世界传媒大亨鲁伯特·默多克看中这栋房子，想买下来却没成功，最后签下十年租期，这里成了星空传媒的办公基地。星空传媒只是在这里做了简单的装修，墙壁上的斑驳依旧，楼梯踩上去依旧是咯吱咯吱会响。幸好他们没有对房子大动干戈，但从屋顶上竖立着的硕大公司标志可以看得出他们是懂得这幢房子的价值，并以能入驻其间为荣的。这里戒备依旧森严，俨然昔日豪宅风范，普通人休想入内，进出的都是传媒界的帅哥靓妹、摩登人士，也难怪，那时正是传媒业的黄金时期。只是令人费解的是除了门口的铁面保安外，洋楼门厅两边居然各站立了一个兵马俑，实在是和建筑的风格太不搭调。十年后，租约到期，星空传媒从这里搬出。院门紧闭，一关就是六年。六年时间，世界知名奢侈品品牌 Prada 集团邀请了顶级修复团队驻扎其中，对其进行了整体修复，基本恢复了建筑的历史原貌。修复完成之后在2017 年底向市民开放参观，普通百姓由此能进入这幢豪宅一窥其艳丽的面目。

荣宅承载着老上海的一段传奇，一个成功家族的奋斗故事，从建筑本身更可以读出企业家内心深藏的情怀，这正是老房子的魅力所在。

英国乡村风味的宋家花园

/ 惜珍

在陕西北路上行走，会看到一长排黑色竹篱笆墙，经过风雨的剥蚀，竹篱笆上黑色的沥青有些剥落，裸露出竹子的本色，显出几分凋敝和沧桑，编织着久远的历史纹路。墙内繁茂的青枝绿叶不安分地透过篱笆墙张扬地伸展出来，更有随风飘荡的藤蔓在篱笆墙上浅吟低唱。令人感叹"日长篱落无人过，唯有蜻蜓蛱蝶飞"。这篱笆墙里藏着的是一幢英国乡村别墅风格的建筑，深锁的门庭仿佛城市中的隐士，透着神秘。但老上海都知道，这里是宋美龄出阁前的家，那时，待字闺中的宋美龄就和母亲宋太夫人和她的两个兄弟一起住在里面，这里被称之为"宋家老宅"。

一道篱笆墙里面藏着宋氏家族半个世纪的

传奇。

　　宋宅的大门一年四季始终紧闭，连门前的铁门都严丝合缝，不透半点春光。有人经过，好奇地张望，却是没有半点缝隙可以窥探。我有幸入内，得以见到这幢花园住宅的庐山真面目。我相信有历史底蕴的老房子是有灵魂的，它的气息散落在空间的角角落落，只有进入其间你才能真正读懂它。

一个具有海派精神的家族

　　被誉为"宋氏家族第一人""没有加冕的宋家王朝的领袖"的宋耀如是上海最早的买办之一，他从一名美国《圣经》出版协会的推销员发迹为上海最早的买办之一，他把外国的机械输入上海，搞印刷业，与人合办面粉厂，还涉足纺织、烟草业等，成为上海滩的富翁，拥有显赫身价。为了支持孙中山先生的革命事业，宋耀如不惜倾尽家产，而且积极投身到民主革命洪流之中，为辛亥革命做出了重大贡献。

1887年，宋耀如与上海西郊徐家庄园一位圣公会教徒倪桂珍结婚，夫人倪桂珍生于书香世家，自幼饱读诗书，并接受西学，不但读过高等学堂，懂数学、英文，还会弹钢琴。婚后，倪桂珍跟随宋耀如到各地传教，至1890年在上海虹口郊区建造了自己设计的一幢房子。两人养育了三女三男。倪桂珍很赞同丈夫用西方教育理念来教育孩子，而且主动承担教育子女的责任，认为养不教不仅是父之过，也是母之过。每天，当宋耀如出门上班时，倪桂珍就教孩子们读诗、唱歌、弹琴、画画……艺术天分极易在这种优美的环境中激发出来。尽管已经是事业有成的实业家，受过西方教育的宋耀如却仍然将子女教育当作是比事业更重要的事，每天无论多忙都会亲自抽空陪伴孩子，对孩子进行潜移默化的教育。他还不惜重金送他们出国深造，"宋氏三姐妹"就是在他的培养下成长起来的。夫妇俩教育孩子要自立自信自强，树立男女平等的观念，培养他们的社会责任心。这样的家庭其实已经是很具有海派精神了，所以说这是一个具有海派精神的家族。

陕西北路 369 号的这幢花园住宅建于 1908 年，最初它是一个名叫约翰逊·伊索的外国人的别墅。1918 年 5 月，宋耀如先生不幸患心血管病在上海逝世，宋氏姐妹为安慰老母，共同出资买下这幢别墅，宋夫人倪桂珍从虹口郊区寓所携子女迁居于此，成了当时社会最瞩目的家庭。宋庆龄以及当年蒋、宋、孔、陈四大家族中的三家都与这座花园住宅有着密切联系，给这个花园住宅带来了将近半个世纪的传奇故事。

隐居的田园气质

推开两扇厚重的大铁门，眼前是一幢三层楼的花园别墅，三楼为尖顶半层。进门一侧是一间小小的门卫室，一株大树掩映着，浓荫的光影洒在镶着一圈绿边的黑瓦屋顶上。入内，东面一条不长的水泥甬道通向楼房，从门前的几级石阶拾级而上便进入楼内。一楼是客厅，地上铺着老式嵌木地板。朝南是一排八扇玻璃长窗，每两扇间有墙面隔开。这长窗的褐色窗框造型有点类似西式古典家具，勾勒出一种欧陆风情。长窗前隔着几个平方是几根白色罗马柱，罗马柱左侧是一个壁炉，壁炉前放着一张大桌子，桌子两边分别放了五张米白色法式椅子，感觉有点像餐厅的格局，现在这里是一个会议室。客厅东边的拱形内室是接待亲友的会客室，中间有活络门与大厅隔开。如果主人举行派对，可以拉开活络门，成为一个宽敞的大厅。客厅一侧有通往花园的室外楼梯，楼梯下是一大片用防腐木铺着木地板的场所，上面撑出了几把遮阳伞，遮阳伞下摆着几张户外沙发椅围着的圆桌和两张围着长椅的长方桌，有点欧洲户外咖啡吧的味道。这个场所面向一个大草坪，四周摆满了海棠花。草坪上有一口六角青石井，有石头铺成的小道可以通往，那石头小道开始是黑白卵石铺就，间夹着棕色镶红砖边的长条石块，再往前是六角形的一块，外圈是白色的，里圈是灰色的，衬托着这口用十字铁丝网盖着井口的井。周围簇拥着一圈海棠花。

再往外是一圈黑色卵石。这口井维护得如此细致，不知道有什么来历。

　　从宽敞精致的褐色柚木楼梯登上二楼，楼梯一侧有整排的玻璃窗，十分通透明亮。正对楼梯的大房间是倪桂珍的卧室，卧室外朝南有白色围栏的阳台面向花园，花园里树木苍翠，芳草如茵，沿着篱笆墙，种满了雪松、桂花、香樟、龙柏、杜鹃等。花园东边有一棵树龄已一百多年的玉兰树，花开时节，满树盛开着洁白的玉兰花，花枝一直伸到篱笆墙外。左手朝东的小房间就是当年尚未出阁的宋美龄的闺房，外面的小阳台面向车水马龙的西摩路（今陕西北路），可眺望马路上来往行人和车辆。阳台上部有米白色拱形拉毛墙，下部是雕刻精致的深褐色木头栏杆，栏杆前有铸铁镂空花架，里面是粉红色海棠花，阳台地面铺设绿色回字形花纹镶边的马赛克地砖。我站在阳台上感觉花园里的绿色扑面而来，而陕西北路上的车水马龙被挡在这满园绿荫之外。宋美龄的卧室有门与母亲的房间相通，平时关闭，互不干扰，需要时可随时打开。

倪桂珍入住后，感到住房不够使用，就在住宅的西边扩建与正楼相连接的二层楼房，建筑风格完全一样。底层是地下室，一楼是大厅，二楼的两间朝南房间拥有一个大阳台，两间房就分别成了宋美龄的哥哥宋子安和弟弟宋子良的卧室。当时，宋霭龄的寓所在西爱咸斯路（今永嘉路），宋庆龄住在莫利哀路（今香山路孙中山故居），宋子文则住在祁齐路（今岳阳路）。西摩路宋家花园不仅是宋家兄弟姐妹与母亲的聚会之处，而且还留下了当时一些风云人物的足迹。

一场婚礼和一场葬礼

在这所宅子里比较著名的是一场婚礼和一场葬礼，分别是宋美龄结婚和宋太夫人倪桂珍的不幸病逝。

1917年6月，二十岁的宋美龄从美国马萨诸塞州威尔斯利女子大学英国文学系毕业回国，宋氏三姐妹中，她在美国学习时间最长，达八年之久，英语也是三姐妹中最好的，是一位美国化的中国女人。回国后，她在上海基督教女青年会工作，参加社会公益活动，社交中进入上海上层社会，颇有名声。她还曾任职于全国电影审查委员会，并在"海上闻人"虞洽卿手下担任过上海市参议会童工委员会第一任女委员，是一个社会活动家。1922年12月初，时年三十五岁的蒋介石参加宋子文在莫利哀路（今香山路）孙中山先生住宅举办的晚会时，宋子文把自己二十五岁的小妹宋美龄介绍给蒋介石，聪颖、美貌、受过高等教育的宋美龄让蒋介石怦然心动。1927年4月底，蒋介石已是南京国民政府的领袖、军队总司令。5月初，蒋介石到宋家花园拜访了宋夫人倪桂珍，在宋家住宅会见了宋家三小姐宋美龄，正式向她求婚。一开始，宋夫人反对这门婚事，她说："蒋介石结过婚，而且他不是基督教徒，宋家的女儿坚决不嫁异教徒。"大姐宋霭龄认为："嫁给蒋介石，就是总司令夫人，今后是总统夫人，中国第一夫人。"她还说："蒋介石只要登报正式声明与妻子离婚，皈依基督教，接受洗礼，就是基督教徒了。这两件事由我来办。"就这样，宋霭龄说服了老母亲。宋夫人接受了蒋介石送给宋美龄的订婚戒指，回送给蒋介石一部《圣经》。

1927 年 12 月 1 日，宋美龄与蒋介石在上海举行了婚礼。因宋美龄是基督教徒，得先举行一次宗教婚礼，再举行一次世俗婚礼。按基督教传统，婚姻应在宋氏家族所在的教堂举行，由本堂牧师主持，但是蒋介石已几次离婚，教堂不予受理，只能转到家中。当日下午 3 时在宋家花园的底楼首先举行了盛大的宗教婚礼。客厅里铺着红地毯，四处摆满花篮，底柱上绕满了凤尾草。客厅中间是宋耀如的油画遗像，两侧是扎成半圆形的新鲜竹枝，遗像下放置着芭蕉小树。婚礼开始，蒋介石先进入礼堂，他穿着簇新的黑色燕尾服，戴着银色领带，下面穿着条纹裤。宋美龄身穿一件银白色旗袍，镶以银线的白色软缎坠地拖裙，用一支橙黄的花别着，从她肩头垂下来，头上戴着一个有橙黄色花蕾编成的小花冠，手里捧着一束淡红色石竹花和棕榈叶，在女傧相陪伴下步入礼堂。婚礼由青年会总干事余日章主持，宋家牧师江长川为新夫妇祈祷。在喜庆气氛中，宗教婚礼总共进行了十五分钟。接着，蒋介石和宋美龄乘上一辆花车到位于大华路（今南汇路）上的大华饭店举行了举世瞩目的中式婚礼。证婚人为蔡元培、谭延闿等。当日，大华饭店戒备森严，一千三百多位来宾带着盖有宋子文私章的请柬入场。四处坐着汪精卫、王晓籁等军政要人、社会名流、达官显贵、商界巨头，还有英国、法国、日本、美国等十几个国家的驻沪领事等。大厅设有记者席。下午4时15分，乐队奏起门德尔松的婚礼进行曲，宣告婚礼开始。蒋介石和宋美龄走上圣坛，先向孙中山先生的照片鞠躬敬礼，婚礼完毕，鼓乐齐奏，掌声和祝福声四起。

　　世俗婚礼结束后，蒋介石又偕宋美龄乘车返回西摩路上的宋家花园，并由特地请来的中华照相馆摄影师为他们拍了结婚照。晚上，宋家花园设宴款待亲友。那天，从上午到半夜，宋家花园外，戒备森严，凡进入宋宅者都非经主人允许不可。蒋宋联姻后，宋家花园不仅是宋家兄弟姐妹与母亲聚会的场所，也是宋家与外界频繁社交的重要场所。婚后，宋美龄便成为蒋介石的秘书和译员，同时也是他的得力助手。不久她便随蒋介石移居南京，但两人还经常到上海小住。各路新军阀、政客、大买办、商界头面人物也纷纷出没于西摩路的宋宅，这里一度成为蒋介石在沪探讨国家大事、设谋定计之处。

宋家花园还有一件大事就是倪桂珍认张学良之妻于凤至为"干女儿"的拜母仪式也在这里举行，那是 1930 年的事。

世事难料。1931 年夏天，倪桂珍去青岛避暑，7 月 23 日，不幸病逝，遗体从青岛运回上海，停柩宋家花园。当时远在德国的宋庆龄接到噩耗，日夜兼程赶回上海，为母亲送行。宋氏兄弟姐妹日夜守护在母亲灵前，每天前来西摩路宋宅致祭的亲友、国民政府政要和各界知名人士络绎不绝。8月18日清晨在宋宅花园草坪上举行了隆重的宗教告别仪式，仪式结束后，随即出殡，倪桂珍遗体葬于万国公墓宋耀如墓西侧。昔日宾客盈门的宋家花园从此人去楼空，门庭冷落车马稀。

成为宋庆龄基金会办公地点

此后，宋家花园作为宋庆龄创办的中国福利基金会举办义举的场所。1949年3月底至5月间，宋宅住进了一百多名躲避战乱的难童。中国福利基金会在宋家花园为孩子们准备了毛毯、被褥、衣服和营养品，孩子们在这里每天上文化课、做游戏、学唱歌、讲故事、扭秧歌，晚上就睡在宋家花园客厅里铺着被褥的嵌木地板上。当年5月25日凌晨，他们在这里迎来了上海解放的消息，当即聚集到花园的大草坪上，扭起秧歌，放声高唱《解放区的天是明朗的天》等革命歌曲，宋家花园一片欢腾。

1949年7月24日，宋庆龄在这里创办了上海解放后第一个新型的托儿所——中国福利基金会托儿所，收托二至五岁的幼儿三十名。揭幕那天，邓颖超、许广平、胡子婴、廖梦醒等冒雨到宋宅参加托儿所的揭幕仪式。同年11月15日，中国福利会托儿所迁至五原路，12月，这里又作为中国福利基金会办公地点。中国福利基金会主席宋庆龄的办公室就设在底楼东边内室的前房，墙上挂着一幅由延安人民用麻纺织的孙中山像，这是1950年卫生部派人送来的。1950年8月15日，中国福利基金会正式改称中国福利会，迁至常熟路157号办公。1952年1月，中国福利会顾问、上海宋庆龄基金会顾问、美国专家耿丽淑女士来沪工作，宋庆龄安排她住进了宋家花园二楼，耿丽淑的卧室就是当年宋美龄的闺房，而倪桂珍的卧室则作为耿丽淑的会客室和书房，还安排了保姆住在楼下，耿丽淑在宋宅一直住到1963年房屋需修缮时才搬迁到了愚园路。

著名近代学者张宗祥之女张珏在宋庆龄身边工作长达十五年之久，直到1981年宋庆龄去世。1982年，张珏因患脑血栓返回上海定居，就住在宋宅倪桂珍住过的房间里。她晚年在这里靠窗的写字桌上撰写了许多回忆宋庆龄的文章，为世人留下了珍贵的第一手史料。张珏在这幢别墅里一直住到1996年才迁居华山路。1996年，中国福利会将宋宅进行全面整修，恢复了住宅原貌。住宅二楼宋美龄和倪桂珍的居室，虽家具有所散失，但仍努力保持其原状，楼下则作为宋庆龄基金会的办公地点，是中国福利会与海外友人交往叙谈的场所。

在宋宅上下徜徉，走进一间间屋子，只见里面依旧摆放着不少当年宋家居住时的家具，从中能感受到一个具有海派精神的家族住在里面时的点点滴滴的生活状况。雕花的深褐色柚木大橱是典型的老上海家具，同样风格的矮柜上镶嵌着镜子，两侧放着橘红色老式电话机。每间房间都有壁炉，壁炉里的黄铜炉膛还在，壁炉上部设置带镜面的雕花梳妆台。白色雕花木头做边的布艺沙发，配着小小的白色雕花圆茶几，形成一个温馨的角落。洗手间里放着一张有很大圆镜子的柚木梳妆台，乳白色台面下是绿色百叶柜。铸铁的带脚浴缸，一侧铜质的水龙头上有英文的冷热水标记，浴室窗户的下两格漆成果绿色，以障人眼目。我饶有兴趣地发现一间屋子里的圆形茶几两边摆放着的一对沙发很有趣味，低低的棕色木头靠背，上面各置一个对称的梯形垫子，两位闺蜜相对坐着聊天是再合适不过了，想来是当年宋氏姐妹促膝谈心说悄悄话之处。二楼客厅里米白色木框雕花法式布艺双人沙发，同样的米白色雕花茶几，沙发旁的立灯也是老上海款式的，棕色的色调和沙发罩颜色一致。屋子里还有一架钢琴，琴凳和钢琴颜色与护壁窗框、屋顶颜色一致，都为暗褐色，家具则是乳白色。无论是房子的装修格局还是家具的色彩造型，无不洋溢着浓浓的闺秀气和典雅的女人味，昔日宋家主人不俗的审美品味可见一斑。

宛若童话世界的梦幻城堡

—— 马勒别墅

/ 惜珍

站在延安中路与陕西南路口的人行天桥上眺望，高楼与绿荫中陡见数个尖尖的楼顶神秘地高耸着，北欧斯堪的纳维亚造型招摇着浓郁的异国风情，色彩斑斓的墙面精致华丽，在阳光下充满梦幻之感。这就是位于陕西南路 30 号的马勒别墅，它被誉为上海近代建筑奇迹之一，2006 年被列入国务院第六批全国重点文物保护单位。

我最迷恋的还是傍晚时分的马勒别墅，这时，这座城堡建筑沐浴在夕阳下，建筑轮廓晕现着淡淡的金黄色，房子仿佛印在云端，犹如童话仙境。

寒夜壁炉前的承诺

马勒别墅的梦幻色彩源于它的故事，那是和这座建筑同样美丽的传说。那是因为它象征着爱，一个父亲对女儿的爱。

马勒别墅的命名是因为这幢别墅的主人是一位名叫埃里克·马勒（Eric Maller）的英籍犹太人。这幢别墅是马勒专门为他的宝贝女儿建造的，这个温情脉脉的传说让这幢独特的建筑染上了一层粉红色的基调。

那天午后，在上海的一个寓所里，马勒美丽却又多病的女儿戴安娜渐渐进入了梦乡，她做了一个绮丽的梦。梦中，小女孩走进了她在安徒生童话中读到的坐落在云端里的有着许多彩色尖顶的华丽城堡，她走进去，看到一间间可爱的小房子，她在一个个房间里流连忘返。突然，城堡像船一样移动起来，在一望无垠的海洋中驶向父亲常常提到的英格兰故乡，又好像带着她来到在童话故事中读到的北欧山地。

小女孩醒来后，梦中的美丽城堡一直在眼前晃动，她就把梦中的城堡画在一张纸上。冬夜，外面北风呼啸。在客厅里火光熊熊的壁炉前，小女孩坐在爸爸身边，小手中拿着自己的画边给爸爸看，边向爸爸描述画中的童话城堡。在冒险生涯中很少动情的马勒顿时被爱女的叙述感动了，他抱起女儿，对她说："宝贝，爸爸为你建造一个这样的城堡好吗？""太好了！"女孩高兴地拍着小手跳了起来。这位父亲没有食言，他决心要圆女儿的梦。

1927 年，马勒果然投入巨资，买进了陕西南路的这处地产。埃里克·马勒喜爱并精通建筑，他请来了华盖建筑事务所，和设计师一起，按照自己女儿描述的梦境精心设计了这座具有童话色彩的花园别墅，于 1936 年正式建成。别墅里共有大小不一的一百零六间房间，而且每一间房间的风格都不一样。经过了漫长的九年时间，那个做梦的小女孩应当是长成美丽的少女了吧。

当然这只是个传说，也许因为故事本身的

动人，也就很少会有人去追究它是否真实，但我喜欢这个故事，因为它是爱的象征。

北欧挪威风格的建筑

小姑娘的梦中城堡是在北欧山地，我去过北欧，在那里我明显地感觉到挪威王国有着和丹麦一样的童话情结，人性对自然的依恋在挪威建筑里毫无保留地流露着，这也非常吻合女孩的梦境。鉴于此，设计师把别墅建成了北欧挪威建筑风格。主楼为三层，房顶上矗立着高低不一的两个四坡尖塔形屋顶。屋顶的东塔顶高近二十米，西塔顶比东侧高，约二十五米，东西塔顶的四个坡面上都筑有拱形凸窗，尖顶和凸窗上部都饰有浮雕，既增加塔顶内的采光面，也增添建筑的美感。屋顶高尖陡直，具有典型的挪威建筑特征，因北欧冬天多雪，为了防止屋顶被雪压坍，所以屋顶多做得很陡，使雪无法积厚，陡直的屋顶有利于抵御北欧寒风侵袭和减少屋面积雪。罕见的是塔顶的表面是由特制的金属青铝瓦呈鳞状覆盖而成，在阳光下熠熠闪光。

在主楼南立面上有三个垂直于主屋脊的造型优美装饰精细的双坡屋顶和四个老虎窗，连同东西及北面三个四坡顶尖塔交织在一起，使整幢建筑看上去宛如一座华丽的小宫殿。中间双坡顶的装饰木构件清晰外露，木构件之间抹着白灰缝条，显示出典型的斯堪的纳维亚情调的乡村建筑风格。主楼的外墙面用泰山砖镶嵌，每一接层间用两条双凸形线脚装饰。由一、二楼外凸而形成三楼露台，在栏杆上设置绿色琉璃曲体圆柱和球体，使建筑立面稳重而精致。

别墅主楼连接副楼，高高低低，屋顶陡峭，外形凹凸变化奇致。门窗呈拱形状，框架突出墙面。楼面呈现陡峭，两座主塔高大、挺拔，像剑鞘一般，上开多层小窗。建筑物边梢楼角，都建有小的尖塔，以求与主塔呼应，造型绮丽。高低不一的陡峭塔尖构成建筑神秘奇妙的轮廓，让人仿佛来到北欧的神秘乡村。整座楼面呈现赭红色，一律耐火砖建造，中嵌彩色瓷砖，看上去就像一座童话中的宫殿，十分奇幻。

　　马勒虽是英籍犹太人，但他发迹却在中国，所以楼房的外形虽是北欧挪威式，但花园和楼内装修的许多细部却融入了中国元素。主楼门前是整幢建筑的向阳面，是四个立面中最华美的一面。在主楼的大门两端，就像中国传统的豪门大宅一样，放置了一对石狮子，虽然石狮口中没有石珠，造型像是一对西洋狮子狗，但这样的摆设却是地道的中国传统造型。花园四周围着用泰山面砖砌贴的高高的围墙，深褐浅褐色的砖面纵横拼贴，墙顶覆盖着黄、绿色的中国琉璃瓦，显得格外富丽堂皇。

建筑内部蕴涵主人冒险生活

　　马勒别墅承载的是一个英国家族的"东方冒险故事"。1859 年，作为马勒家族的"东方开拓者"，赉赐·马勒从大不列颠坐船前往中国，1862 年到达上海，并创办赉赐洋行，从此这个家族便与上海有了千丝万缕的关系。据《字林西报行名录》中记载，马勒家族在上海经营的核心业务是航运、造船。其实，该家族生意涉猎甚广，如万国商团、跑马总会、远洋航运、造船、保险、房地产等，还在香港、伦敦等地设有公司。在赍赐·马勒的儿子老埃里克·马勒管理下，家族企业蓬勃发展。1895 年，老埃里克·马勒的儿子，行过成人礼的小埃里克·马勒也来到上海，帮助父亲打理事务。1913 年，小埃里克·马勒子承父业，到 1920 年已拥有了海运船只十七艘，并在上海创办了马勒机器造船有限公司，即今天的沪东造船厂。小埃里克·马勒是个冒险家，他购买彩票，参加跑狗赛马，还因买马票中彩，精养了几十匹良种马，赛马后又发了大财，富甲申城。后来，他接管了赍赐洋行，出任了第一经纪人并把原来的业务扩展到了海上保险和船舶代理。其中船舶代理业务是他攫取巨额利润的主要来源。20 世纪初期，航运业正处于兴盛期，他于 1928 年在复兴岛建立了英商机械造船厂，自营船舶修理业务。不久，又在浦东开办了马勒机器有限公司

（沪东造船厂前身），职工多达二千多人。接着，又买了一艘客轮做起了航运生意，往返于上海、镇江等地，同时还兼营房地产。据估算，20世纪20年代，埃里克·马勒拥有大小海船十七艘，总吨位约五点三万吨，成为上海引人注目的私营航运企业家。他还从事报关、进口业务代理，同时兼营房地产，成了上海滩有名的大富翁。这幢梦幻别墅就是埃里克·马勒在发家致富、享有盛名后建造的。

在马勒的潜意识里，这幢住宅，不仅有爱女的梦，也要纪念自己早年的冒险生活。由于马勒当年致富主要还是靠航运，所以他把这座外表像城堡的别墅内部装修得酷似一条豪华的邮轮。整个花园犹如绿色的海洋，草坪边的一座镂空石塔，仿佛是大海中的航标灯塔，在它的旁边有一块有着上亿年历史的杏树木化石。

仔细看去，这栋别墅的内部架构看起来确实像是一艘邮轮。主楼的建筑各层分隔较为复杂，东西两侧蜿蜒曲折的楼梯探向两翼，一翼通向船的"前舱"，另一翼通向"后舱"，而通道上的圆窗看起来则像是船上的船舷。从主楼正门进去，里面是一个宽敞明亮的大客厅，所有的木制构件上都雕刻着花纹，木吊顶上有彩绘的罗盘和驾驶舵，就像船头一样。宽敞明亮的大客厅豪华气派，迎面两根大理石圆柱高达三米，旁边还有多处半圆立柱嵌入墙面与方柱相衡。木制圆拱主门套和半圆形的窗户、拼花柚木地板，处处显示主人一掷千金的豪奢。主楼梯呈十字形，连接各楼层平台。整幢建筑内的楼梯特别多，且都为仿制邮轮楼梯，回旋曲折的扶梯一个接一个，时而向上，时而向下，四通八达，即使是同一楼面的房间有的也必须通过楼梯才能贯通，越往上，楼梯越窄，这就使空间产生一种扑朔迷离之感，使人仿佛置身于童话中的迷宫。每层楼梯口均设有非功能性的圆形窗，酷似海船的密封窗。置身其间，宛若生活在海上。

　　在那些栏杆和柱头雕刻的细部，也多是与船舶相关的图案，如船舵、船锚、沙船队、海浪、海上日出、海上作业等，连地板也拼出了海草、海带的纹路。每间房间风格迥异，一幅幅木雕画面全是船队的海上情况，地板的图案也各不相同，精美得如一块块编织的地毯。最细的地板木条仅几毫米宽，细巧犹如工艺品。过道、走廊等处都装有护墙板，并以彩色木板镶拼成犹如船用构件且精致万分的菱形图案。随处可见用金粉着色的花饰，至今依旧鲜艳，美丽精致的花纹共有四百多种，仿船舱过道的木制平顶更是精雕细刻。在"侧窗"墙壁中还镶嵌着一块汉白玉"孔雀登枝"图案。室内气窗、窗套、门套以及平顶墙角等均是圆拱形，每层楼梯口均设有采光天窗。主楼梯间的圆形天窗为装有五彩剔透的彩色玻璃的穹顶，每逢丽日，阳光透过彩窗，很有些爱丽丝幻境中的味道，充满童话中的空灵意趣。在通往三层一间房间的门口上端，设计了一圈椭圆形的围栏，围栏上空是装有彩色玻璃的室内穹顶，阳光透过玻璃在室内洒下一片金黄，呈现出斑斓柔和的迷人色彩。到了夜晚，四合的夜色犹如海水，月光照进半透明的窗，使人恍若置身于在大海上悠悠行驶的豪华游轮之中。洋楼的尾部，有一舵状之物，象征正在劈风斩浪的船舵。走在楼道里时不时地还能撞上一个个佛龛，就像渔民在船上供养的菩萨，保佑着主人一帆风顺一样。

花园里的印痕暗藏主人柔情

马勒别墅花园在主楼南侧，园内小桥流水，山石叠伏，花园周围有灌木环绕，中间是一片绿油油的草坪，可以想见，当年马勒一家在这片草坪上啜饮下午茶时其乐融融的场景。环绕绿茵的是一条用泰山砖铺砌成的步行小道，漫步其间，会看到散布在路径树荫里的石鼓、石狗以及大小不一的岩石，还有雕着狮子头的花盆托盘。草坪四周种植着龙柏、雪松等树木。草坪上屹立着一匹和真马同样大小的青铜宝马雕塑，外形粗壮敦实，雄健有力，但不耀武扬威，只是默默伫立。这匹马的原型是一匹名叫布劳尼克·希尔的赛马，伊利克·马勒最初闯荡上海滩的历史，就是由这匹马用它的四蹄书写的。它曾给马勒带来了财富，被称为功勋马，它就在铜马基座下面长眠着。马勒对这匹功勋马有着教徒式的感恩，在建造别墅时，特地把他的宝马铜像竖在本该放置其家族要员雕像的草坪中央，这是马勒对使他发迹的那匹纯种的阿拉伯赛马的纪念。可惜那匹铜马的马鞍，在"文革"中流失了。花园深处还有池塘，映出树木的倒影，颇具诗意。花园中有一间小姐房，以前人们一直误认为是花棚，其实，那是马勒为多病的小女儿专设的，让她在花园里散步感到累时，可以坐在里边小憩片刻。房内装有暖气，地上铺着瓷砖，粉金色的彩色玻璃穹顶充满女性的柔媚和浪漫之感，下部有雕饰彩绘。距离小姐房没有几步，耸立着一块看上去普普通通的大石头，但据说它有冬暖夏凉的功能，是马勒的一位朋友为庆贺别墅竣工，特意从遥远的北方运过来送给他的。

马勒别墅可以说是建筑中的另类，它那无法解释的建筑构造为它染上了一种神秘色彩。别墅的建成不但圆了马勒宝贝女儿的梦，全家人还在里边过着舒适安逸的奢华生活。可以想象，这幢美丽的城堡建筑里留下过马勒一家多少幸福的时光。只是人生就像在海上航行，随时都可能会遭遇风浪，尤其是当巨浪猝不及防地袭来时，所有的梦想和美好都不堪一击。1941年太平洋战争爆发，日本军队占据租界，马勒因是犹太人，全家被强迫赶往集中营。可叹这幢造了整整九年的梦幻城堡，马勒一家只在里边住了短短五年。试想，假如马勒早知道会有这样的结果，他绝对不会这样煞费苦心并花费重金营建这幢寄托着他所有梦想的城堡建筑了。马勒一家被赶出别墅后，这里不幸沦为侵华日军俱乐部。抗战胜利后，马勒别墅又沦为国民党特务机关的驻地，常人无法涉足其间，因此它一直蒙着一层神秘的面纱。马勒一家从集中营出来后，身心遭受了巨大创伤，黯然神伤地离开了上海，从此再也没有回过自己的梦幻城堡。

新中国成立后，马勒别墅成为上海团市委所在地。2001年1月，上海团市委搬出后，有

关方面投入了千万元资金进行修葺如"旧"的
整修，在保留原有风格的同时，把它改造成为
"衡山马勒别墅饭店"。于2002年5月正式对外
经营。2008年，马勒别墅再次进行修缮保养，
恢复了往昔的历史风貌。在别墅里还能发现很
多过去的痕迹，如餐厅内木墙裙里藏有马勒当
年设计的隐秘保险箱，有些大门的下方还保留
了当时供马勒家族爱猫通过的猫道等。我感兴
趣的是别墅内收藏展示了很多老照片和老物件，
这些宝贝被精心设置在酒店的相应位置，别墅
犹如一个小型博物馆，生动地还原了马勒别墅
的历史。

马勒别墅

/ 杨绣丽

马勒别墅，又称马勒住宅，位于陕西南路30 号，1927 年由英籍犹太人马勒设计建造的私人花园别墅。当时，马勒的小女儿在一天夜里做了个梦，梦见一幢童话格局的大房子。父亲马勒于是便根据女儿梦中所见的样式造了这座别致的挪威式住宅。马勒住宅历经战乱，几经转手，现被列为上海市第一批优秀近代建筑、市级文物保护单位。

漂洋过海的父亲
一位名叫马勒的男人
他对于女儿的倾心宠爱
就藏匿于这多彩的琉璃筒瓦、
海草的木条和神秘的穹顶里

南西逸境

每一阶的楼梯都是一场年轮的梦幻旋转

给经历四季的游客无比旖旎的想象

我们坐在玻璃房子的花园里啜饮咖啡

一个女孩把她奇彩的梦

一次次画满我们眼睛的轮廓

我们遥望安徒生

安徒生就坐在青铜的马背上

和我们一起数着草坪的雨滴

无法划清岁月的界限

更无法知晓那赭红色的楼面和

青绿廊檐之间有怎样的芳香和荆棘

游轮版的瑰丽之旅

带来马勒的命运和海水的呼吸

斑斓的主塔屋顶挺拔，像剑鞘般神秘

剑鞘般神秘

陡直的屋顶也会有反转的际会风云

战乱的音哨由长变短 由短变无

岁月如四面的浮雕般高低凹凸、颠荡起伏

这座可以栖息灵魂的花园
今夜，是否还能把我们带向
城堡之心，童话之乡？

延安中路
Middle Yanan Road

上海市文物保护单位
A Historical and Cultural Heritage Protected at the Municipal Level

八路军驻沪办事处（兼新四军驻沪办事处）旧址
The former site of the Eighth Route Army Office in Shanghai
(also the New Fourth Army Office in Shanghai)

延安中路504弄21号　No. 21, Lane 504, Yan'an Road M.

上海市人民政府
一九七七年十二月七日公布
上海市文物局立
Promulgated by Shanghai Municipal People's Government
on December 7, 1977
Issued by Shanghai Municipal Administration of Cultural Heritage

抗战时福煦路多福里
21号的风云人物

/ 朱蕊

八路军驻沪办事处旧址

上海市静安区，由东向西，从成都北路到石门一路之间短短的一段延安中路上，集中了多处共产党早期活动的场所，有中共二大会址、人民出版社、平民女校以及八路军驻沪办事处旧址。

延安中路504弄（原福煦路多福里），是一条建于1930年的"新式里弄"，里弄为石库门住宅，砖木二层结构，总计六十六幢，两边按六排行列式布置，总弄和支弄都较更早期建造的里弄要宽。每个单元为二开间一厢房平面，红砖外墙，平瓦屋面，房屋层高也比老式石库门略高些。尤其是改变了老式石库门内有门框、外有门楣的繁琐做法，采用水泥框粉饰线条，取消了门楣的西式山花，显得十分简洁。房子是二层混合结构的，后部厨房和亭子间、晒台部分采用环绕水泥楼板，这种建筑方式，在当时都是新式的。

后来，上世纪90年代初，为了建设延安路高架桥和延安中路绿地，将多福里延安中路这一面的弄堂切去一部分，所以，现在在延安中路上看到的多福里的弄牌是后来做的，门面房子的位置应该是原来弄堂的中部，弄堂的进深没有以前深了，站在这一头，几乎可以看到弄尾的大沽路。而弄堂当时是幽深的，应该很静谧。现在，还可以看到整修过外立面和门窗的老旧弄堂焕发出新的生命力，透出市井的生活气息，床单、衣物等晾晒在竹竿上，而竹竿飞架在弄堂的空中，色彩绚丽，如旗帜一样飘扬。处处都有现代生活的印迹——空调外机参差挂在房子外墙上，有时外墙上还荡下一根空调的塑料滴水管。弄堂墙脚处有居民随意种植的花草。绿植与红墙，也是绝配。

弄内21号，标准的石库门门洞，水泥门框，线条流畅，门楣极为简约，仅用凹凸块状和线条勾勒对比加深门楣的立体感，使之显出一些气派来。漆黑的双开大门，门旁墙上一块白色铭牌上是中、英文的说明：上海市文物保护单位 八路军、新四军驻沪办事处旧址 上海市人民政府 一九七七年十二月七日公布 上海市文物管理委员会立。而其实，该址在1962年9月7日，就被上海市人民政府公布为上海市文物保护单位。

"李公馆"

站在门前，遥想当年。

1930年代最初的年头，这里的房子刚刚落成不久，簇新摩登。多福里在公共租界上，属于英美势力范围，地段优雅，房子又新又时尚，价钱当然不便宜，故而能够住进来的多是较为体面的人物。当房子陆续装修停当，弄堂里住的人也就一点点多起来。住在这条弄堂里的女人烫发旗袍高跟鞋，男人包头西服领带三节头绅士皮鞋，裤缝笔挺。他们在这条弄堂里昂首阔步。

1937年3月，弄堂里搬进来一对与弄堂其他居民一样体面的夫妇，他们就住在21号里。21号是一幢坐北朝南两楼两底有厢房的住宅，一家人住相当适宜。这对夫妇就是李克农和赵瑛。因此，多福里21号，对外称"李公馆"。

李克农是1926年加入共产党的老党员，经历过各种残酷斗争的考验。1929年12月，经组织批准考入局长为徐恩曾的国民党上海无线电管理局，任广播新闻编辑，后任电务股长。同年秘密成立的国民党特务组织，徐恩曾在其中任国民党中央组织部总务科主任（实为调查科主任），李克农在徐恩曾的手下工作，条件便利，周恩来命令李克农、钱壮飞、胡底组成党的特别小组，李克农任组长。其时李克农常往来于宁沪之间指导工作并负责与中央特科联系。

在秘密战线，李克农从钱壮飞处得到中央特科负责人顾顺章被捕叛变，敌人企图将我党中央在上海的机关一网打尽的消息，设法报告了党中央，党中央部署地下党组织安全转移。李克农因此受到中央嘉奖，被誉为"党的秘密工作四杰"（"龙潭三杰"指的是钱壮飞、李克农、胡底，加鲍君甫为四杰）之一。

后李克农奉命撤离上海。1934 年 10 月，李克农参加了二万五千里长征。西安事变后，李克农任中共代表团秘书长，协助周恩来、叶剑英等同志和平解决西安事变，为争取抗日民族统一战线的形成，实现第二次国共合作努力工作。

1937 年 2 月中下旬，李克农奉命搭乘国民党中央委员张冲的飞机前往上海。1937 年 3 月，李克农夫妇住进多福里 21 号。李克农肩负使命而来，他在此秘密成立了红军驻沪办事处，也就是外面所称的"李公馆"。

1937 年 7 月抗日战争爆发，国共两党第二次合作，建立了抗日民族统一战线，中国工农红军改编为国民革命军第八路军。为了开展国统区的抗日民主运动，在南京、武汉、重庆、太原、长沙、桂林、兰州、西安等地，公开设立了八路军办事处。上海于 1937 年 7 月，也筹建了八路军驻沪办事处，就是在原先红军驻沪办事处基础上，公开成立八路军驻沪办事处。而此处实际上是共产党对外活动的公开机关，由周恩来直接领导。上海因此成为全国抗日救亡的重要阵地。

"小　开"

办事处主任李克农，与多年老友潘汉年又一起工作了。记得当年，大约是 1928 年吧，当他逃过敌人的追捕脱险，终于和中共中央宣传部负责人罗绮园取得联系后，根据党的指示，与宣传部干事潘汉年一齐创办小型报纸，先办《铁甲车》，后办《老百姓报》，由李克农任经理，潘汉年任编辑。他们可以说是老搭档了。现在潘汉年也经常来多福里 21 号。他们总是在底楼东厢房的会客室商量工作。二楼的东厢房是李克农夫妇的卧室，后楼是报务员、译电员朱志良的宿舍，而电话则挂在楼梯拐角的墙上。

潘汉年和李克农商量，八路军驻沪办事处既然成立了，就应该有个牌子。李克农表示赞同。他们两人设计了一个牌子，然后派人去定制。

驻沪办事处 7 月筹建，牌子还没来得及挂出来，工作刚刚开始，8 月，李克农就接到指令要去南京筹办八路军驻南京办事处，上海的办事处就交给斗争经验丰富的潘汉年，由潘汉年任主任。

李克农离开后，担任驻沪办事处秘书长的刘少文搬入多福里 21 号，以便于工作，他的夫人孟进也随他迁住此地。

潘汉年是 1936 年 10 月从陕北抵沪的。来沪后担任中共上海办事处主任。刚一上任，他就去上海莫利哀路 29 号（今香山路 7 号孙中山故居）宋庆龄寓所向宋庆龄呈交毛泽东的亲笔信。毛泽东在信中说："兹派潘汉年同志前来面申具体组织统一战线之意见，并与先生商酌公开活动之办法……"宋庆龄把中共领袖的嘱托作为义不容辞的任务，她热忱帮助联络各界著名人士，给予潘汉年全力支持。

潘汉年二十五岁加入中共特科，长期活跃于上海滩。此次回来他的秘密代号是"小开"，上海人都懂"小开"一词的含义，就是老板家的孩子，或者小老板，总之生活环境优越，且始终生活在有钱阶层。不了解潘汉年真实身份的人确实会认为他是公子哥儿。他极为讲究穿着打扮，熟悉上流社会的社交礼仪，那时党内有人对他的做派颇看不惯，潘汉年说："难道要我穿着香云纱衫裤鬼鬼祟祟地去与人联络吗？"著名作家楼适夷一次在马路上遇到潘汉年，只见"他獭绒帽子压住了眉毛，高级大衣竖起了獭皮领，挺阔气，坐在一辆三轮车上招摇过市"，楼适夷吓了一跳，潘却"微微一笑，惊鸿掠影般过去了"。廖承志曾说，我只知道潘汉年有些生活不检点，出手阔绰。其实，这些做派都是为了他特别的工作性质而"设计"的，独特的气质使潘汉年能够走进达官贵人的圈子，得到他们的认可，也能在三教九流间游刃有余。

八路军驻沪办事处开展的主要工作是联合各阶层人士，发展壮大抗日民族统一战线。因为有国共合作统一对外的大气候和宋庆龄的支持，潘汉年的工作开展得有声有色。"八办"结交了许多上海的高层知名人士和实业界人士，其中有鲁迅的夫人许广平、有妇女界的沈九慈等，并通过他们先后成立了上海各界救亡协会、上海抗敌后援会、难民救济会等组织。和宋庆龄及救国会"七君子"（沈钧儒、王造时、李公朴、沙千里、章乃器、邹韬奋、史良）等也保持联系。潘汉年和这些爱国民主人士经常交换意见，及时向他们通报中国共产党的方针政策，争取他们的支持和帮助，共同推动抗日救亡运动的深入发展，和他们建立起心心相印的关系。他还按照中共中央的指示和宋庆龄的引荐，同国民党的头面人物吴稚晖、孔祥熙、宋子文、李石曾、孙科等进行了广泛接触。

鲁迅说他作为一个革命活动家
才能是非常突出的

　　编辑报刊也是潘汉年的老行当，八路军驻沪办事处编辑出版的《内地通讯》《民族公论》《文献》等刊物向国统区的人民很好地宣传了中国共产党的方针政策。《内地通讯》经常报道延安新华社关于解放区和八路军抵抗日军侵略者的情况。他们印发毛泽东著作及刊物，如《论持久战》《解放周刊》等，同时还利用上海作为对外宣传的阵地，把宣传品译成外文，向世界各地散发。

　　潘汉年不仅仅编辑，自己也撰写过二十多篇政论，着重宣传共产党发动民众实行全面抗战的方针，批判国民党压制民众运动的片面抗战路线；阐明共产党坚决抗战的路线，批判国民党的妥协投降政策；宣传共产党的对外方针，批评国民党片面亲英美和依赖国际调停的外交政策；广泛宣传八路军的抗日游击战争，努力争取上海各界人民的同情和支持。

当年上海人最爱看的《良友画报》上也刊有潘汉年的文章，发表于第 131 期的《对日抗战中的第八路军》，是上海最早全面宣传八路军的文章，也是"八办"在宣传方面做的重要工作。

　　潘汉年和鲁迅有过很长一段时间的交往，在 1927 年 12 月 13 日的《鲁迅日记》中提到潘汉年："下午潘汉年、鲍文蔚、衣萍、小峰来，晚同至中有天饭。"1928 年 8 月 10 日鲁迅在杂文《革命咖啡店》中又一次谈到过潘汉年。鲁迅先生曾说："潘汉年作为一个文学家还缺乏一些条件，但他作为一个革命活动家，才能是非常突出的。"鲁迅先生的评价当然是深刻的，潘汉年并不想成为文学家，他早年在文章中曾写道："我虽爱好文学，但没有工夫研究文学，我喜欢写作，但我不想成为什么家。"他写文章也是为了宣传革命，宣传抗战。他的活动能力和能量确实也是惊人的。

　　因为叛徒的叛变出卖，1933 年至 1935 年期间，上海笼罩在一片白色恐怖中，上海的共产党地下组织遭到严重破坏，中央机关、电台、工会、共青团、文委（包括各联盟）等保存下来隐蔽起来，在抗日救亡中分散作战的党员，于1936年潘汉年回到上海后才又在他的活动中联系起来，团结在一起。

潘汉年能够分清敌我友，他熟悉敌我友三方面的情况和人事关系，他和李克农向中央建议，经周恩来批准，将可以公开和半公开活动的共产党员和必须长期隐蔽的党员及党组织分开。一方面，利用第二次国共合作的时机，和"救国会""各界救亡协会"等爱国团体以及国民党人合作，放手组织公开合法的救亡队伍（如"战地服务队""救亡演剧队"）转入内地和前线工作。另一方面，潘汉年还通过各种渠道，运用自己的社会关系，多方获取情报，终于全面掌握了被国民党关押在监狱里的共产党员名单，并奉命同国民党当局就释放政治犯问题进行交涉。经过多方面的努力，使许多长期被关押而幸存下来的党员干部获释，并给这部分经过长期谈判才获得释放的"政治犯"安排工作或送往延安，让他们重新走上了革命工作岗位，投入到抗日救亡的运动中。

淞沪前线三个兵团的指挥陈诚、张发奎、罗卓英的部队需要服务人员，潘汉年运用八路军驻沪办事处主任的身份把由革命青年组成的三个战地服务队派进国民党的军队，担任宣传、组织、救护工作，团结了国民党人。

舌战潘公展　搞定杜月笙

此时，郭沫若经由日本秘密回到上海。上海的左翼文化界人士聚集在多福里 21 号的底层东厢房讨论，打算出版一张宣传抗战的报纸。

申请提交了，但国民党政府迟迟不予批复。抗战的关键时刻，鼓舞人民的抗战斗志，让人民了解真实的战况，都需要有这样一份报纸，时间紧迫，不容拖延。在又一次东厢房会议以后，他们决定必须与国民党政府进行公开谈判，争取出版报纸的权利。

那天，潘汉年和郭沫若一起去和时任国民党中央宣传部副部长、新闻检查处处长、主管上海文化工作的潘公展谈判。潘汉年和郭沫若也是潘公展不敢小觑的人物。毕业于上海圣约翰大学的潘公展，早前先后担任《时事新报》副刊《学灯》和《民国日报》副刊《觉悟》的特约撰稿人，做过《申报》要闻编辑，还在沪创办《晨报》，任社长。他当然了解面前两人的分量，又在国共合作共同抗战的背景下，看来不答应他们办报的要求是说不过去的。最后，潘公展勉强答应了潘汉年和郭沫若的要求，同意国共双方合作办报，双方各出资开办经费五百元，出版以郭沫若为社长的"上海救亡协会"机关报《救亡日报》。这是中国共产党首次在国统区获得公开合法的宣传阵地。

通过《救亡日报》，读者能及时了解身边和远处发生的战况，比如"敌在虹口纵火焚烧""日进攻张垣——数千伪军纷纷反正""东京发生军人暴动——陆军三巨头被杀""敌舰猛烈炮轰浦东"等，使国统区的读者明明白白地看到日本侵略者的暴行，激发国统区人民的爱国热情。

《救亡日报》上刊登了朱德、彭德怀通过八

路军驻沪办事处呼吁各界捐助防毒面具的电文："晋北我军急需防毒面具——第××××军后方干事昨接前方来电，谓日寇已在施放毒气，希望各界捐赠防毒面具，原电如下'上海汉年同志口密、铣、巧、皓各电俱悉，承沪上各界纷纷慰劳，益增我军努力杀敌之勇气，不及一一电谢，请分别致意，目前贼寇经受我军痛击，惶恐万分，已不顾国际公法与人道，在前线实行施放毒气，请致电各界，如蒙慰劳，最好多购防毒面具，因此间不及采办，即此不一'。"

获此消息，潘汉年忧心前方将士的生命安全，非常焦急。1937年10月28日，他以八路军驻沪办事处主任身份，致函上海市各界抗敌后援会主席团成员兼筹募委员会主席杜月笙，说明八路军"开入晋北，血战经月，已送予日寇重创""经费限制，防毒装备缺乏""渴望后方同胞捐助防毒面具"。

接潘汉年信的第二天，杜月笙便开会讨论信中所求之事，会后将价值一点六万元的一千套刚从荷兰进口的防毒面具捐赠给八路军使用。

1937 年 11 月 12 日，上海失守，毛泽东、张闻天指示潘汉年，已公开的救亡团体应转入秘密状态。在此之前，八路军驻沪办事处已根据中共中央指示，安排上层民主人士安全撤离。何香凝、沈钧儒、沙千里、郭沫若等人的撤离都是潘汉年一手安排的。上海沦陷之后，潘汉年催促宋庆龄赶快动身，12 月 23 日，宋庆龄搭乘德国邮船离沪。12 月 25 日，潘汉年登上开往香港的邮船，暂时结束他在上海的使命。

而此时"八路军驻沪办事处"迁至萨坡赛路 264 号（今淡水路 192 号）（另一说是迁入法租界淡水路 274 号二楼），由刘少文任主任，并转入半公开和地下活动，一直坚持到 1939 年底。

而那块已经制作好的牌子，因形势发生变化而始终未能挂出。

章士钊故居

/ 杨绣丽

　　章士钊（1881—1973），曾任中华民国北洋政府段祺瑞政府司法总长兼教育总长，中华民国国民政府国民参政会参政员，中华人民共和国全国人大常委会委员，全国政协常委，中央文史研究馆馆长。延安中路720弄7号是章士钊在上海的旧居。章士钊养女章含之曾到此寻根。

　　　　正午，从巨鹿路一路走到
　　　　延安中路720弄7号
　　　　只有662米的路途
　　　　这662米的路
　　　　却和2020年5月的今天
　　　　间隔了整整75年的距离
　　　　沿路有玫红四季海棠

布满人行绿道

半空有四季海棠玫红

悬挂路边一座大厦的窗棂

这 662 米的距离

像间隔着一段历史的四季

1945 年，他——

学贯中西的著名学者、

作家、教授、民主人士

住在这儿：延安中路 720 弄 7 号

我看到了一扇铁制的大门

锁住了一个拱形门洞

白色巴洛克装饰的壁柱通体耸立

像一个灵魂的树立，悄然无语

静默的午后，这巴洛克般壁柱

有种旋转的复杂和神秘

我凝视那浅湖绿色水泥外墙

仿佛看见先生穿上白色的卦衫

从月洞门的外侧走出庭院

走进旧上海，风烟云起

延安路高架桥北侧，茂名北路以西

有一对石狮子还守护着这座故居

它们像先生坚定的信仰

有挥斥方遒的奋发意气

先生的养女，美丽的含之

曾像花朵一样寻访过这座故居

她在此寻访、寻根

寻觅养父和她自己的岁月花影

蜿蜒流淌的黄浦江畔

有金戈铁马和万卷柔情旌旗

才华和真理、人间的世相

像极了这正午的四季海棠

从不会轻易凋零

我很快走过这 662 米的距离

但我如何走进这天井里的暗影

走进这楼梯间光的罅隙

走进燃烧的火焰和

一个时代漆黑的内部

去安静地直面这座光明的旧居楼宇？

严同春宅的前世今生

/ 朱蕊

  延安中路高架上匝道下（茂名路和陕西路之间）有一栋绛色的宅邸，三层楼高，并不起眼。单位搬迁至这个宅邸也有一段时间了，曾有朋友来看我，结果从门前路过却不得其门而入。其实仔细看，不仅可以找到大门，还可以看到宅邸的门口有一块铭牌，上面中英文写着：优秀历史建筑 延安中路 816 号 原为严同春宅。林瑞骥设计，砖混结构，1933 年建造。受到装饰艺术派影响的现代式花园住宅，但装饰母题采用中国传统的建筑构件和纹饰图案。总平面为中国传统的两进四合院式布局，以连廊相连，七十一个房间都能连通。上海市人民政府 1994 年 2 月 15 日公布。

  严同春是谁，为啥他的宅邸能成为优秀历史建筑？过去了那么多年，这座宅子和其他许多东西一样，成为历史的陈迹余音。如果不是因为好奇，想了解宅子主人，谁会去打捞在历史长河里沉淀的过去？其实严同春不是人名，是商号名，这个商号代表的是沙船大王。沙船又是什么？和同事聊到严同春宅的原主人时，大家都说他是运沙的船老板，类似现在土方车老板，是搞建筑材料运输的。这大概是望"沙船"生义而致以讹传讹，直到我查看了资料。

一扇通往过去的大门突然打开了。

万物互联。是现在互联网时代的词汇，而真正的互联可能并不仅仅指由网络连接的时间平行的世界。

有些连接，在看似完全无关的节点上，在某些时刻，突然串接起来，竟然所有事物都能找到与另一事物接触的结点。有时觉得世界好大，无穷无尽，有时又觉得世界很小，比如朋友的朋友的朋友恰巧是以前的同学或者邻居或者亲戚，再大的世界，再长的历史，再熙攘的人群……有时因缘际会，奔涌而来，似乎要昭示什么。

永乐年间的石碑

高桥是经常去的，但一直不知那里有一块古碑。有次又去，主人带领我们到高桥中学参观一块石碑。当时，其实心不在焉，石碑见得多了，如果不是对石碑产生的那段历史十分了解的话，是引不起兴趣的，至多是所谓的外行看热闹般看看而已。石碑在亭子正中，字体斑驳，并不能完全辨认字迹，石碑外有玻璃罩子保护，反光，更看不太清晰。一圈人围住石碑，试图看出什么名堂来。亭子建在一个小山坡上，得上好多级台阶，周围有可坐的围栏。

在小山坡上东张西望，似乎也见不到特别的景观。但看得出来主人很想告诉我们这里曾经非比寻常。他指着远处说，从前站在这里就能瞭望到大海。因为高桥的地理位置处于长江、黄浦江和黄海的三水交汇处，所以原来石碑和大海有关。再去看石碑，就有点沧海桑田。石碑叫永乐古碑，即是宝山烽堠碑，是明朝永乐十年五月初九，由明成祖朱棣所立，古碑上方正中有"御制"字样，双龙左盘右旋。

但几百年间，地形地貌变化之大，现在和过往完全不可相认，小山坡和大海之间，不知隔了多少高楼大厦，事实上，站在这里不可能看得到海。因此当主人滔滔不绝时，我并没有想到这座石碑会和我们有什么关系，它很遥远，远到只能证明我们的历史有多悠久。

但是，我的这种漫不经心只能说明在古碑前的我有多么无知。或者，有很多和我一样无知的人，并不了解自己赖以生存的城市历史。一旦了解，就能发现这块古碑和我们这座城市的存在、发展、繁荣从数百年前开始就一直连接着。

严同春宅的主人所从事的沙船业，和高桥的那块永乐石碑也关系大焉。

《解放日报》1956年8月4日登载过一篇署名贵芳的名为《宝山、沙船和商船会馆——记明清两代上海海运业的盛况》的文章，写到高桥中学内的这块石碑。

解放日报当时在汉口路309号的原《申报》

大厦办公，那时谁能想到，六十年后，会搬到沙船大王的旧宅邸去呢？这种兜兜转转，不花点时间还真理不清其中所隐藏的历史因果。

我们来看看 1956 年《解放日报》刊登的这篇文章怎么说："随着元代上海棉纺织业的兴起，以载运棉布和粮食为主的船舶运输业也随着发展起来。在今天高桥中学的校园内，我们还可以看到一块明代永乐朝奠立的精致石碑。碑记告诉我们，早在五百四十多年前的高桥地方，曾筑成过一座方圆百丈高三十多丈的土山。山上有一座烽堠，日夜燃烧着烟火，使北方和边运各省到上海来贩货的巨大船舶，能够把烟火当作航行的指标，安全地驶进黄埔河道。可以看出，上海港商船进出，在明初已经十分频繁。由于这座土山所起的巨大经济作用，当地人民把它称为宝山。现在宝山早已倾圮了，而宝山的名称却作为上海北境的县名沿用下来。"

1685 年（清康熙朝）上海设立了江海关。1715 年作为船商行会组织的商船会馆在马家厂地方建立起来。"参加这一行会组织的，主要是上海、崇明、通州、海门、南汇、宝山的沙船船商；此外也有从宁波来的'疍船'船商；从山东、直隶来的'卫船'船商；从福建来的'三不像'船商。据《皇朝经世文编》等记载，当时'沙船聚于上海，约三千五百余号'。资本大的，'一主有船四五十号'。而'每造一船，须银七八千两'。像上海的巨商张元隆，甚至'立意要造船百只，以百家为号'。船主每船雇用'头舵''水手'等多人。"

1956年离明朝永乐年间有五百四十多年，现在又过去了六十多年，离明朝永乐年有六百多年了，六百多年的时光就这样刹那而过，看似无声无息，而其中却有着无数令人着迷的细节，渗入到今天生活的现实中，如果我们不明白历史的来龙，也就无法知晓未来的去脉……

什么是沙船

沙船既然不是用来运沙子的，那么沙船究竟是什么船？

这些船远比我想象中更为重要，它们对于上海的经济发展、对于严同春宅的建造有着决定性的作用。关于这一点，翻看上海早期沙船航运的历史资料便可知晓。

在查阅资料时，我被那些资料所打动，原以为枯燥乏味的记载，却意外充满生命活力。文字所呈现的内容、行文方式，都粘连着年代感和历史感，比转述、重写精彩得多，还有什么是比"原本""真实"更有力量的呢？兰克说"写历史一如它所发生的"。如果能够尽可能地返还到历史场景中去，那么，我们对于历史的理解是否会多了一些感同身受的认知？因此，我作了一个决定，在本文的行文中，如果历史本身能说明问题，就用记载来原汁原味地叙述故事。我并不想越俎代庖画蛇添足。

看看历史是怎么说的吧。

还是 1956 年的这篇文章中写道：

"18 世纪至 19 世纪初（清代乾隆、嘉庆朝），便于商船起卸货物的上海城东浦沿浦一带，成为上海港的繁华中心。成立最早、规模最大的商船会馆和以后成立的泉漳会馆、潮州会馆、浙宁公所都因为是航海业的缘故而崇奉天后。而在南宋时就建立的天后宫，就坐落在小东门外，酬神演剧，灯市赛会，几乎无日不有。'一城烟火半东南，粉壁红楼树色参。美酒羹肴常夜五，华灯歌舞最春三。'这就是当时人施润为描写上海繁华情景而写的诗句。

"以沙船为主的海运业，一直到19世纪六七十年代外国轮船业操纵了中国沿海及内河运输并受到封建官办企业招商局的排挤以后，才衰落下来。今天我们如果到蓬莱区各会馆集中的所在去观光一下的话，看到那些供奉天后的大殿、集会大厅、戏台、看楼和精美宏伟的装饰建筑，还不难想象到明清两代上海海运业的盛况。"

文章的这一部分说明了清朝中期时上海的航运业到了最鼎盛的时期，航运使上海的经济开始发展。

从严同春宅出发，回溯前史，确实必须追溯到中国的海运发展史。在很长一段时间里，水上航行的交通、运输工具，是以风力作为能源的木造帆船。木造帆船较其他各类陆上运输工具比如马车而言，体量更大，能够实现大宗货物的运送，另外，帆船作为交通工具来说还有成本低廉的优势。帆船制成以后，动力可以不费钱，只要有风，船借风势，就能乘风远航。从唐代以后至20世纪初，木造帆船一直活跃在沿海人们的生活中。

中国的木造帆船种类繁多，不同种类的船航行的海域也不同。或者说，是为了适应不同的海域，才发明了不同种类的木造帆船。日本人加藤繁曾在《中国经济史概说》中提到："在清代，将航行于扬子江以北的崇明、海门、上海等地的船称为沙船，将航行于以南的闽浙粤东等地的船称为鸟船。沙船吃水四五尺，适于沙洲多的海面行驶，可承载米一千五百六十石至三千石，在与关东的商业往来中较为活跃……"

明朝有过海禁时代，清朝解除海禁。1683年，施琅领清军攻克澎湖，郑克塽降清，台湾正式纳入大清帝国版图，隶属福建省，设台湾府，台湾归顺清朝统治。这时，沿海地区的民众被允许下海，他们多乘用木制帆船出海。在当时运用于贸易活动的船型中，具有代表性的是沙船和鸟船。其中鸟船发明于明朝后期，是尖底型帆船，航速较沙船快。鸟船船底有龙骨，船体断面呈 V 字形，鸟船的船体特征决定了它擅长于在深水里航行，所以在华南沿海以及海外东南亚地区，鸟船表现活跃。

而沙船是平底型帆船，吃水较浅。

沙船是平底型帆船，吃水较浅。

沙船是平底型帆船，吃水较浅。

敲黑板划重点，重要的事情说三遍。沙船是什么应该知道了。

明代后期沙船还曾被用于沿海防务。航行海域不仅限于以长江口为中心向华北、东北地区的航线，还曾经在康熙朝后半期航行日本长崎进行贸易。沙船航运业发达区域乃长江口的镇洋、宝山、上海等地，同时，这些地方也相当于沙船活动的据点。在台北故宫博物院的文献馆藏《宫中档道光朝奏折》中有两江总督耆

南西逸境

英就海防问题奉道光帝的上书奏折：

"其崇明县，则孤悬海外，适当长江之冲，东望大洋，西对常熟、昭文、太仓、镇洋、宝山，西南径对吴淞口，南对川沙、南汇，北对通州、海门，本系四面皆可行舟之地。近年以来，北面海中，条沙缕结，船只至彼，动辄搁浅，仅能容本地沙船出入，夷船不敢冒险往来。而吴淞口外，遂为由海入江必经之路，实苏松一带之内户；而长江之外户，是以吴淞口一失，遂长驱直入，不复可制此江苏洋面之大略也。吴淞口系黄浦、吴淞二江合流入海之处，上海县城，东南滨临黄浦江，东北滨临吴淞江，二江上承苏、松、常、镇、杭、嘉、湖诸山之水至上海，而交汇来源。……吴淞口为上海之门户，上海县又为江南之门户，是以吴淞口一失，即全省震动，守无可守，防不胜防，遂至束手无策，此吴淞口内河道之大略情形也。"

此奏折讲崇明、吴淞口一带海域江河地理位置的重要性，同时也讲到了那些水浅的地方只适合当地的沙船行驶，吃水深的大型外国船只很难驶入。所以，沙船也成为了海防船只。

清朝时上海只是一个县城，归松江府管辖。元至元二十七年（1290年），华亭县东北部分乡分出，新设上海县，一般以1291年作为上海正式设立行政建制的年份。民国十六年（1927年），设立上海特别市。而与之相邻的太仓州管辖太仓州、镇洋县、嘉定县、宝山县和崇明县，所包括的地域为今天的江苏省太仓市，上海市嘉定区、宝山区、崇明县、杨浦区、虹口区、闸北区和普陀区的大部分，还有现在启东市的南半部分、浙江省嵊泗县。行政区划历朝多有变动，但基本的位置应是可以寻踪的。总之，在江河湖海遍布的江南地区，船只运输当为这一地区重要的交通手段和经济手段。

在1943年刊行的沈能毅的《中国帆船法式》中，作者将中国木制船舶分为四种：江南之沙船，福建之鸟船，浙江之疍船，闽海之三不像。

而平底的沙船正是严同春宅主人通向事业成功之路的台阶。

海盗如何成了海上运输风云人物

在查阅沙船运输发展资料时，发现了好玩的故事，从而联想到《水浒传》，那些落草的"英雄"，是真的一边造反，一边等待被招安吗？招安以后才开始了真正有用武之地的人生？

《元海运志》里讲到朱清和张瑄本来在海上以盗贼为业，元灭宋后，元招安了这两人，授以"金符千户"，以用他们对海域熟悉、擅长水性的特点来承担起海上运输的任务。《永乐大典》录有："惟我世祖皇帝至元十二年，既平宋，始运江南粮，以河运弗便。至元十九年，丞相伯颜言初通海道，漕运抵直沽，已达京城。立运量万户府三，以商人朱清、张瑄、罗壁为之。初岁运四万余石，后累增及二百万石，今增至三百余万石。"很明显，用了朱清、张瑄等以后，海运路线开通，并从四万余石的运量而增长至二三百万石。

在明嘉靖的《太仓州志》中有关于朱清、张瑄的记载，说是元朝的时候，有个叫朱清的人，是崇明姚沙人，还有个叫张瑄的人是嘉定新华村人。朱清从小就和泼皮无赖地痞流氓混在一起，称兄道弟。宋朝末年的时候，他们一群盗贼聚啸海上，驾着沙船抢掠无辜船民，在这些海盗中朱清和张瑄最为跋扈嚣张。当时沿海富裕的船户苦其久矣，而且以崇明最为厉害。朱清这个人曾经被杨氏雇用，但他竟然趁着夜晚，将自己的老板杨氏杀了，并将老板的妻子、财物都抢走。捕头驾船追捕他们，向东航行了三天三夜，到沙门岛，又往东北航行了几天，见到那些叫文登夷的群山，也见到了燕山与碣石。捕头们风风火火地追来寻去搜索海面，连鬼影也没寻到一个，虽然捕头也是熟悉这一片海域的，但还是不能对所有的礁石浅滩大小岛屿都了然，只得向上面报告说，未能抓到盗贼。朝廷里进行商议，决定用要打仗的理由招安朱清、张瑄。朱清、张瑄很快就来归降了，朝廷授予他们吏部侍郎左选七资最下一等。后来朱清官做到昭勇大将军河南行省参知政事大司农，张瑄官做到明威将军江西行省参知政事，从这个故事可以看到，朱、张以长江口的崇明岛为据点，利用自己熟悉海域的特长，行船做海盗。朱清杀害杨姓雇主，抢人妻子和财产，横行黄海和东海海域。被招安后，两人开通海上运输线路，成了风云人物。

嘉靖《浙江通志》也有记载，朱、张二人被招安后应承"海运可通"，于是海运通畅。因为他们为海上航线的开通立下功勋，且不断提高海上运输量，使税粮运输问题迎刃而解。《浙江通志》称二人"致位显要，宗戚皆累大官，田园馆舍遍天下。巨艘大船，交诸番中，廪藏仓庾，相望车马，填塞门巷，仆从佩金虎符，为万户千户者，累数十人，遍以金帛结贵，近无不受其赂者……"

这样张狂的盗贼，在被利用后，确实也一定是会被铲除的。还是《浙江通志》中写道："上闻其不法，诛之，没入其产，赈两浙饥民。"

不过，以功过论人，他们开通了南北海运航线确实是有功的，这条航线为沿海经济的发展奠定了基础。因此，至今也还能看到当地后人在写地方历史的时候，提到他们的祖先张瑄所开辟的航线。

沙船名字的来历

关于沙船为什么叫沙船，而不是单纯直接叫"平底帆船"或者其他什么名字，严谨考据一下发现其实还挺有意思。《龙江船厂志》中写道："三沙在崇明界，浮居海中。其人以鱼盐为稼穑，以舟楫为舆马。虽惊涛怒波，震荡掀揭，彼方出没其间，扬眉鼓气，挟其所长而用之。故时入江洋为盗，巡船而曰沙者，岂非仿其制度。"崇明岛四周为水，岛民以渔业和盐业为生，行舟如车马，所以，船舶是他们必需的交通工具，沿海各沙洲的居民家中都拥有船只，他们在长江和近海航行，做鱼盐交易。崇明沙的民众为适应长江和近海海域的航行而发明的平底船舶被称为沙船。位于长江口附近和长江口近海的太仓、松江、通州、海门等地区的人们也善于海上航行。

南西逸境

当然，在风浪中讨生活的岛民，生性彪悍豪横，有的岛民在海上称霸，成为海盗。明正德年间发生的一桩海盗事件，曾使崇明岛岛民的海上活动受到很大限制。当时有岛民施天常从事非法盐运生意，施家有四兄弟，他们以崇明岛为根据地贩卖私盐，与东家董姓人家不断发生摩擦，董家是财主，和官宦相通，但施家也发动贩盐民众，与财主和官宦争斗，施家逐渐成为挑头的"带头大哥"，他们被官府称为"海盗施氏"和"海盗施氏叛乱"。这次叛乱被平息后，崇明岛的居民被禁止远洋航行、近海捕鱼、运送燃料以及近距离交易崇明岛本地特产，对航行区域也明确限制，长江航行只被允许到镇江，东海海域的航行只被允许到嘉兴，禁止行驶到嘉兴以南海域。

但勇猛粗犷的岛民在防卫方面却也可使为水军之用。明隆庆六年（1572年）推行海运，沙船和船民被官府征为水师。清人沈岱曾写有"所谓沙船，像崇明三沙船式。三沙浮海，人长吞天浴日之区，靛盐为业，履险如夷，家海门江，朝吴暮楚，苟惊风立浪之相遭，则鼓气扬眉之有候矣……用器者能以沙船之习，习之斯，不失为军国之沙船也"。万历《新修崇明县志》中有"三吴雄县星罗，独崇明一县，介在海徼，盖大江以南第一严邑也""崇邑孤悬，岛夷出没，其间猝遇有警，可越而登也，故养兵最急"。

在清朝初年的记载中，以清顺治十八年（1661年）为例，当时的崇明沙船，每一百艘，有七十艘停泊于黄浦江进行巡逻，另外三十艘负责崇明岛的警务，"崇明沙船特以设防海疆，今黄浦与崇明相对外通大海，内达苏松，将沙船湾泊黄浦江，可以策应……"所以沙船在这一时期，一直被作为海防主力。

明隆庆六年，南方驶往天津卫的河运船只不幸沉没，使得漕运受阻，朝廷曾向崇明县急征一百只沙船，以纾解漕运，当时崇明县有六人被委派输送税粮。

《海运纪事》有一则万历四十八年（1620年）的上奏，关于山东有六十万石税粮缺乏船只运输，因此要使用淮安、浙江的船只以及天津制造的船只以完成运输到天津的任务:"山东虽有六十万之加,而无船装运,虽加多亦属画饼也。合无通将淮安浙直之船,及天津自造之船,通融合算……"

关于崇明沙船的称呼,还有一种说法,1930年刊行的《上海小志》中说:"沙船,本邑当商埠未辟之前,因地理上之关系,居民操航业者甚多,邑中富户多半由此起家者。其船多曰沙船,以其形似鲨鱼也。"

现在应该看到,关于沙船的称呼,一则以"崇明沙"为"沙船",另一则则是因为它长得像"鲨鱼"。

另外,这里也说到"因地理上之关系,居民操航业者甚多,邑中富户多半由此起家者"。是的,本文的主角严同春宅,现今成为优秀历史建筑的它,曾经的主人作为"富户",也是由此起家的,所以讨论沙船的缘起、用途也实属必要。

商船·船商

清朝时的沪城八景之一，是"凤楼远眺"，景观是十六铺东小门外的帆影重重，桅樯林立。清乾隆四十九年（1784年）的《上海县志》中有对于上海县黄浦江岸边帆船航运盛况的记载："自海关设立，凡远物贸迁，皆由吴淞口进，泊黄浦城东门外，舳舻相衔，帆樯比栉。"

据《中国帆船法式》研究，欧美人将我国的沙船、畚船、三不像等都称为"戎克"，戎克聚集在一起，又被称之为"蚊闽舰队"，蚊闽舰队自有其特长之处，所以它们能够生存于20世纪商战激烈的时期。所谓的特长之处，是指这些船只造价不高（与外国造船费用比较），使用费用低廉（风力），行经的路线，往往在浅滩和山屿之间，使外国人的"汽船"自叹不如。而在1851年2月22日的《北华捷报》题为《戎克贸易》的报道，记述上海沙船航运，论述清朝后期沙船经营情况，其中提到，以上戎克船，只需要很少的维护和修理，就能维持十年或以上……

清嘉庆年间的进士齐学裘在《海运南漕议》中写道："沙船聚于上海，约三千五六百号……船首皆崇明、通州、海门、南淮、宝山、上海土著之富民。每造一船，须银七八千两，其多者，至一主有船四五十号，故名曰商船。"

当时上海的沙船商号进出港口时，《时务日报》《中外日报》等都有记载，上海沙船商号"益顺号"的船只"金裕盛"在1901年一年间共航行了六次。这些被视作商船的沙船，在这个阶段确实是在从事贸易。

那时江南的商船，从位于长江口的上海出发北上，驶往山东、天津、东北沿海等地。清道光二十八年（1848年）李星沅在上奏中写道："江苏省泛海商船，由上海往山东、天津、盛京省，每年不下六七千号。"

元代开始利用海运从江南往京师运送税粮航程时间也就十天左右。但王韬称"明初因元之旧络，以风涛险恶，海陆兼运，永乐十三年，汇通河成"，起初，元会通河的范围较小，仅指临清—须城（东平）间的一段运道。后来，范围扩大，明朝将临清会通镇以南到徐州茶城（或夏镇）以北的一段运河，都称会通河。会通河是南北大运河的关键河段。明洪武二十四年（1391年），黄河在原武（今河南原阳西北）决口，洪水挟泥沙滚滚北上，会通河三分之一的河段被毁，这就是王韬所说"风涛险恶"，大运河中断，从运河漕粮北上被阻。然后新修的汇通河在明永乐十三年（1415年）开通，此后江南和北方由大运河连接起来。

有大运河连接南北，再加上海运航线，水上运输在明清时代开始发达，除了漕运税粮以外，商贸也随之兴起。1851年2月22日的《北华捷报》中的《戎克贸易》有这样较为详细的描述："上海和山东（北部）之间，有戎克船从事贸易，每月从山东往上海输送大豆、豌豆、油粕。这些戎克船几乎全部属于上海近郊的住民所有。……航海所需乘员为二十五名，包括船主和伙长。他们被船舶所有者所雇佣，归航以后收取下记的佣金。……此外，伙食费也由船舶所有者准备，由船主负责……伙食和佣金一并付给他们。还允许有一定容量的船舱……一般情况下，会得到两倍数量的容积，作为航行的补贴。如果他们有本钱，也可以为自己或者朋友自行搭载一些货物。这些措施全都是船舶经营者为了使乘员们更具有航海热情而规定的。"这种灵活的方式给了船员动力，一方面，他们只要有航运技能、有力气就可以上船，先解决温饱；另外，只要他们负责任地将货物运到并安全返还，就能得到佣金，或者自己有本钱也可以带货，做点小买卖，赚得自己的一份。

明末时沙船航运业者的生活状况已经很好，在姚延遴的《历年记》崇祯十二年（1639 年）十月二十六日所记，"殷系崇明籍，侨居海上已三代矣，业有沙船几只，开贩柴行生理，家甚厚。"明清时的沙船航运业者家底殷实，他们中的大户大多在上海有别宅，为了方便在沪贸易。

当时拥有三十至五十艘船的船商颇受尊敬，因为他们财大气粗，在用人上也有优势，他们能请到行内高手，"大户之船，油舱必精善，耆老、柁水，必皆著名好手"（《海运十宜》）。大船商富则益富，而船少的商家生涯淡泊，贫则益贫，甚至于船舶老朽后并无能力修葺，如果只有五艘船以内的商号，就没有造新船的能力了。因此，作为船商，至少需要六艘以上的船舶。只有规模经营，才能进入良性循环。

据日本人森本东三的《送鯛录》记载，有漂流到土佐的船，"船主蒋炳船有十九只……外有两只，装木贸易……"这家船商，共拥有二十一艘船。而咸丰八年十一月时，有江南松江府上海县的船只，在从东北归航时漂流到朝鲜半岛忠清道蚁项里，朝鲜李朝的官员曾对船员进行询问，问为何船主不亲自乘船出海，船员回答说"船号孙寿福，船主郁泰峰……船主再有五十余船，不能出海"。可见这家船商有五十多艘商船。清末王韬在《瀛壖杂志》中写道："沪之巨商不以积粟为富，最豪者一家有海舶大小数十艘，驶至关东，运贩油、酒、豆饼等货，每岁往返三四次。"看来，沿海贸易让上海的一部分海运从业者成为富裕阶层。

而严同春宅主人，在这一群体中占据了什么位置呢？

南北货

齐彦槐在《海运南漕议》中写道："自康熙二十四年开海禁，关东豆麦每年至上海者千余万石，而布、茶各南货，至山东、直隶、关东者，亦由沙船载而北行。""千数内外之沙船，皆从关东装载豆货回南，总在上海交卸。"而从上海发船往北航行，往往目的地为天津等大港，"沙船赴津，向带茶、布、姜、果等物。""虽胶州间有商船入口，南船不过糖果、粗碗、苏木、藤鞭之类"（《雍正六年十二月十六日河东总督田文镜奏折》）。从江南航行到辽宁沿海的船只主要携带青鱼、茶叶、布匹、木棉、木材等货物，东北回来，沙船携带豆、豆饼、瓜子、松子、棒子、大豆油、茧绸、黍等货物。

江南运往山东的主要是砂糖、纸、木材、扇子、米、木棉、茶、生姜等，山东运往江南的主要是油渣、菜油、落花生、面粉等，山东的豆货运往江南后被加工成豆腐和豆油，所余豆粕可以作农田肥料。明末清初的上海人叶梦珠的《阅世编》提到豆的用途："豆之为用也，油腐而外，喂马、溉田耗用之数，几与米等。而土产之种类亦不一，沿海所出，荡豆为最细，与山东产相似，价亦较贱。"豆的用途极为广泛，这里说到上海也出产荡豆，荡豆的质量几乎可以和山东的匹敌，但因为产量不能满足需求，所以必须从山东运回来，因而清朝中期以后，上海开始从东北和山东大量输入豆货。

刚开始查阅严同春商号资料时，查到严同春开始时是运输豆子的，当时并不理解豆子为何有大量需求，为何能致富，只有当了解到当时总的南北货运情况，才能帮助理解严同春号的经营状况。

那时还运木棉和棉布，叶梦珠还写到上海运往东北、山东的棉布："吾邑地产木棉，行于浙西诸郡，纺织成布，衣被天下。"清同治年间的《上海县志》也记载道："水田绝少，仅宜木棉，推富商大贾，北贩辽左，南通闽粤。"并有"本港沙船舣浦滨，舳舻尾衔，帆樯如栉，由南载往花布之类，曰南货，由北载来饼豆之类，曰北货"的描述。

清乾隆和道光年间的江苏金匮人钱泳的《履园丛话》中也有记述："今查上海、乍浦各口，有善走关东、山东沿海船五千余只，每船可载二三千石不等，其船户俱土著之人，见家殷实，有数十万之富者，每年载豆往来，若履平地。""装豆回南，亦无货不带，一年之中，有往回四五次者。"1898 年 9 月 11 日《奉天新闻》的报道里也记载了上海沙船运载棉布等布类产品到东北以及从东北装载豆类回南方的运载情况和贸易情形："各种土布，由沙船运至牛庄，计数颇巨。各船即以所入布货之价，装运豆油回申，每岁自春徂秋，往来船只络绎不断。"上海南市《城隍庙神尺堂记》记载："其最饶衍者莫如豆。由沙船运诸辽左、山东、江南北之民倚以生活。磨之为油，压之为饼，屑之为菽乳，用宏而利溥，牵取给与上海。"

用沙船从东北或者华北运送到上海的豆类，可以作为江南地区的食品和加工食品的原料，也是农业生产的重要资源。大豆榨油以后剩下的豆饼是发展养蚕制丝业不可或缺的材料，是桑树（蚕的食物）的生长肥料，如要发展丝绸业，必须多养蚕，蚕茧要增产，必须增加蚕的饲料——桑叶，而豆饼恰好是桑树健康生长的最适宜的肥料。因为上海和周边地区消费豆类较多，因此江南的船商为运输豆货而建立起了江南和东北地区的航运关系，从东北各港往上海运输豆类和其他北方物品。这些靠运输和商贸积累财富的沙船商号，业务中心集中于上海。所以，当看到严同春号是做油麻的——因而贩运豆货时，也就不难理解了，他家只是当时上海如此多船商号中的一家。上海当时一年中有三千余艘沙船停靠，不仅成为沿海贸易的巨大港口，还因为长江航运载来的货物云集，这里也成为最适宜商品流通的地方。上海位于中国沿海地域的中心位置，让它获得了运输发展繁荣的机会。

风 险

　　"风险"一词的由来，本来就和行船有关。在远古时期，以打鱼捕捞为生的渔民们，每次出海前都要祈求神灵保佑自己能够平安归来，其主要的祈祷内容就是让神灵保佑自己在出海时能够风平浪静、满载而归。他们深刻感受到"风"有无法预测无法确定的危险，在出海航行的生活中，"风"即意味着"险"，"风"和"险"联袂而来。

　　因此，船行海上，如遇风高浪急，或者风向改变，不能按既定目标航行时，就会出现危险，或者存在其他一些不一定能尽在掌握的状况而出现险情。《申报》有一则报道《撞沉货艘》，记载了黄浦江的怡和码头附近，轮船与沙船相撞："由关东进口之豆油、豆饼之沙船相遇该火船……舟中共二十人，仅救得十四人，尚有六人，未知能庆更生否也。"

　　所以，舵工在海运行业里是非常重要的人

物，被称作老大，由老大掌握着船只的命运，"一切祸福皆赖之。必择熟识海道，善料天时人事，而得其情，预知暗礁泥色深浅，及山岛套呑，而不失尺寸，而后可以当此重任。欲海行者必先求得人，则乘长风，破万里浪，亦易易事也"。发行于沪上的报纸《字林沪报》曾有报道题为《论华商不知慎选舟师之失》："舟师操一舟之政，吴俗称之为老大，即西人所称船主是也。……犹谓言舵工中老成人耳。"

在航行中遇到风向变化而漂流到别地的事件也常有发生。清嘉庆十三年（1808年）十一月，有一艘中国帆船"郁长发"漂到土佐国（现日本高知县）安艺郡奈良志津（今日本室户市浮津）的奈良师这个地方。其舵手持有江南海关印牌。而道光二十二年（1842年）二月，上海商船郁森盛沙船号的沙船漂到朝鲜忠清道长古岛。道光七年（1827年）正月，元和县的船漂流到日本土佐吾川郡浦户，"江南省苏州府元和县船头王玉堂乘组十六人，积载棉、纸类，去（道光六年）十一月十六日，为商贾，欲至山东，出船时逢难风，当（道光七年）正月漂流土州"。

雍正十年（1732 年）十月，南通州的船只漂流到朝鲜半岛西南端的珍岛，朝鲜方面有《问情别单》记载："……徽州商人雇俺等的船，装载棉花二百五十三包，自南通州开船。正月二十九日，到山东莱阳县卸下。二月二十八日，转到关东南金州地方。又为苏州府所管太仓州商人周豹文所雇，装炭三百八十担五月十八日开船。六月十七日，到山东保定府所管天津卫地方卸下。……十月十二日，发船回家之计，猝遇恶风于大洋中，漂到贵国地方。"

雍正十年（1732 年）十月，宝山县的船只漂流到日本的德岛，"顺（船户顾洪顺）等一十五名，坐驾沙船一只……在刘河装载杂货，往山东发卖"。乾隆十四年（1749 年）十一月，常熟县船户陶寿的船漂流到永良部岛，"在江南装载生姜，转往关东大庄河口，买黄豆……"（《李朝漂着中国帆船的"问情别单"》）。

从清康熙三十九年（1700 年）十二月到同治元年（1862 年）九月约一百六十年间有

六十多例漂流到琉球群岛的帆船事故，其中有二十一例集中在乾隆十四年（1749 年）末，且明确记录有十例遇难。

乾隆十四年漂流到琉球的中国商船曾留下一份问话记录，所谓《白姓官话》：

"问 老兄，贵处是哪里人？

答 弟是山东人。

问 山东哪一府哪一县？

答 是登州府莱阳县。

问 老兄尊姓？

答 弟贱姓白。

问 尊讳？

答 贱名世芸。

问 尊号？

答 贱字瑞临。

问 宝舟是何处的船？

答 是江南苏州府常熟县的。

问 兄是山东的人。怎么在他船上？

答 因他的船在弟敝处做买卖，弟雇他的船。载几担豆子，要到江南去卖，故此在他船上。

问 兄们是几时在哪里开船呢？

答 是旧年（乾隆十四年）十二月十八日。在本省胶州地方开洋的。

问 怎么样驶到敝国来呢？

答 不知道驶到半洋，忽然遇着暴风，把大桅杉、船梢篷舵尽行打坏，船里的货物都丢吊去。那些没有丢的，也给海水打滥了。现今船上柴米水都没有了，这个时候总是会死。谁想皇天保佑，十二月二十九日漂到贵国大岛地方，蒙地方老爷可怜我们，天天赏给柴米，才得活命。

问 你们既是旧年到大岛，怎么今年四月才到这里呢？

答 说起来话长，讲不尽的。"

这则记录特别有意思，是难得的当时海难漂流细节的真实呈现。另外，如《北华捷报》所说，"中国式帆船的所有者和贸易者或许也会被海盗抓住遭到迫害。"

除了海上运输的风险以外，还有其他意外，也会造成损失。其中涉及严同春号的就有以下多条。如《申报》同治十三年（1874年）六月二十六日的报道《南市失火》："二十日晚八点半时，南门外王家嘴直街有某靴店失慎，计共延烧二十余家……"这场由鞋店引发的火灾，也殃及到其他建筑，包括严同春沙船号的建筑。第二天的《申报》《续述南市失火事》载："二十日晚，南市蔡阳街失慎情由，昨已列入报中。惟为害最大者为严同春沙船号及同兴槽坊也。当时同春一所毁之布货等物并衣箱十八只，约共有三万余金之多。"严同春沙船号损失为此次火灾最大，这可能是严同春沙船号准备运输贸易的货品，放在仓库里还未起运，结果被大火所毁。

《中外日报》1899 年 10 月 31 日《本埠新闻·南市》："沙船遇风续志　前报……严同春之谢同泰沙船亦受微损，现于石岛口，入坞修理矣。"

《中外日报》1903 年 4 月 28 日《本埠新闻·南市》："沙船轰伤　沪南严同春船号之谢同泰沙船，曩由沪上开赴牛庄装载豆油杂货，讵抵彼后，货物甫装及半，船舱中所载防盗火药忽然轰炸，船身受伤甚重，难以行驶，人口幸获无恙。昨日，耆舵由牛庄发电到沪咨照号主，再行设法拖回。"

《中外日报》1903 年 5 月 11 日《外埠新闻·营口》："沙船被焚 有上海县沙船谢同泰，满装布货驶抵营口，将布起岸，换豆买油。甫装五百五十篓入舱，突然失慎，船货焚烧一空，并烧伤水手四五名。查此系上海严同春号之船，油篓船身共值二万五千金云。"

这仅仅是有记载的损失。可见一家商号要能够挺得过各种风险不被半途毁灭而走向成功，极其不易。因此，虽然海运贸易能带来可观的利润，积累财富，但当时的风险也是看得见的。能在此行业生存者当都具有魄力和雄心，以及非同寻常的决断和把控风险能力。

严同春沙船号

严同春是严应钧的商号，在《上海县志·人物》中有严应钧的记载："严应钧字秉国，号殿卿，先世白刘河，徙上海，遂占邑籍。祖正邦，少习油麻业，既而白设肆，晚乃营沙船业，卒时年八十。父凤岐，号义棠，幼时习贾吴门，动止异常儿，肆主信任之，及正邦设肆沪上，招之归，肆主如失左右手，内行诚挚，与其弟恪守家业，出入渤海辽沈间，皆守义重信，为众商所推重。其经商一轨于正义所不可，虽逆亿可获巨万不为也。船号而外，曾合股开设钱肆。"

严应钧的祖上严正邦以油、麻为业，最早是开店的，到晚年才转入沙船行业。推测是因为严正邦开的是卖油、麻的店，需要豆子榨油来卖；因为必须买豆，后来发现自己去产地买豆子更便宜，于是自家用船去产地运输，他家是为了运输豆子而加入沙船运输行业。

严应钧的父亲严凤岐为人正派，小时候到吴门学生意，深得老板信任，像老板的左膀右臂。到严正邦从刘河迁到上海开油、麻店时，需要严凤岐回来帮忙，回来后严凤岐能恪守家业，也为大家所推重。严凤岐是守业的一代，也是创业的一代，当他发现有些沙船短缺资金，而开钱庄可能获利时，从他这一代起，开设了钱肆。

《清代日记汇抄》中有沈宝禾的《忍默恕退之斋日记》，记载了清咸丰五年（1855 年）在上海的有代表性的从事沙船航运业者的名单和他们的居住地。沈宝禾列出了二十四家沙船航运业者，严同春沙船号排第十七位，居住王家码头。咸丰八年（1858 年）两江总督何桂清和江苏巡抚赵德辙的奏折中，还上报了上海船商捐款给清政府的军队白银三万九千六百三十两，说明其时上海船商经济实力的雄厚。

到严应钧的时候已是严家第三代，那时沙船业风生水起，凡沙船进出港口，报纸都要报道。如《中外日报》1899 年 12 月 6 日《本埠新闻·南市》中写道："沙船又到 南市……同春号之谢同泰……各沙船由牛庄来。……各货均获利颇丰之。"严同春获利丰厚也被记录报道。

《中外日报》1900 年 5 月 1 日《本埠新闻·南市》："昨日又到牛庄来沪沙船五艘……同春号

之谢同泰……"

……

严同春商号的船进出港不断被报道着。

《中外日报》1902 年 4 月 19 日，《本埠新闻·南市》报道："会议装粮 谕停验米一则，已纪初十日本报，兹闻大吏，以沪江沙船承装粮米立案，遵行已久。此次太古承装后，恐永以为例，深为不然……昨日，陈董片邀南市久大、慎祥元、严同春等各商号会议装粮事宜……"从这则报道中可见严同春还参与漕粮运输，这正是严同春沙船号春风得意时。

藏书家

在沈宝禾列出的二十四家沙船航运业者中排名第二的郁森盛商号，比严同春沙船号资本更为雄厚，从咸丰八年（1858 年）时漂流到朝鲜的上海商船有"船主郁泰丰，船号孙寿福，……船主家有五十余船，不能出海"的记录看，这是郁森盛大商号的船。在《上海县志·人物》里查知，"郁松年，字万枝，号泰峰，恩贡生。父润桂，字淮林。善居积家，累巨万。兄彭年，字尧封，号竹泉，多才干，有知人称。松年好读书，购藏数十万卷。"这真正是家财万贯的豪门之家。

郁家就是靠沙船积累了上万的财富，这一点确凿无疑。郁润桂当时已经是在上海号称有"沙船七十余艘，雇工二千多人，企业遍于申江，人称郁半天"（《上海的沙船业》）的大规模沙船经营者。在《上海碑刻资料选辑》里有《重建上海县城城隍庙剧台碑》记录，道光十七年（1837年）三月，为援建神庙剧台，"出入金钱，为郁君竹泉"，"郁森盛号 捐足钱七百千文。……除收净用短足钱捌拾陆千伍佰三十六文 郁森盛号 垫付"。郁森盛号不仅自己捐钱援建城隍庙剧台，而且还垫付大笔资金，郁森盛号的实力由此可见一斑。郁森盛号在郁竹泉掌印时是有沙船八十多艘的巨大沙船航运业者。因为资金雄厚，他开设更多店铺，有典当业的鼎泰典，酱油业的万聚酱园，豆麦业的丰泰豆麦行、利昌豆荚行等，甚至于在松江府和太仓府都有开分店。

郁竹泉死后其弟郁松年继承家产，虽然发生过小刀会的变故，但郁森盛号那时还是拥有"五十余艘"的巨大沙船商号。而到了郁松年手里的财富，则使他成了不可多得的藏书家。《上海地方史料》载："（郁）松年好读书，购藏数十万卷，手自校雠，以元明旧本，世不多见，刊宜稼堂丛书。"另据王韬的《瀛壖杂志》记载，郁松年不惜巨资收集宋元好书，郁松年收集的书籍上所印的藏书印，直到现在还为人所知。

郁松年在嘉兴得到了江宁织造《红楼梦》作者曹雪芹的祖父曹寅所收藏的魏鹤山《毛诗要义》，这本连清朝经学家、训诂学家、金石学家阮元都不能得手的珍本也被郁松年收藏了。

郁松年故去后，郁氏宜稼堂所藏旧书大半流入福建巡抚丁日昌的持静斋，另一部分归于陆心源皕宋楼，陆氏藏书除得之于郁氏宜稼堂外，其中大部分为汪士钟艺芸书舍所收乾嘉时苏州黄丕烈士礼居、周锡瓒水月亭、袁廷梼五砚楼、顾之逵小读书堆等四大家之旧藏，极为珍贵。光绪三十三年（1907年）六月，皕宋楼和守先阁藏书十五万卷，由陆心源之子陆树藩以十万元全部卖给日本岩崎氏的静嘉堂文库。所以现在郁氏宜稼堂的旧藏，均被静嘉堂文库收藏。

之所以费笔墨绕道到郁森盛商号，一则是和严同春号作比照，它可以成为沙船行业巨大背景下的另一个具体个案；另外是想弄明白，财富究竟能为人们带来什么，这些从一个行业的繁盛中有幸获得的财富在流传下去的时候，以各种形式——藏书，精神的也是物质的，或者以建筑，物质的也是精神的，让后人看到前人的努力，也让历史的河流在潺潺流淌而去的时候留下一两颗被河水冲刷过的卵石……

衰 落

清朝后期，由于欧美的蒸汽船等船舶大量进入中国沿海海域，使长江口岸的以上海为基地承担沿海航运业的沙船航运业遭受到巨大的打击。上海发行的《字林沪报》1888年5月11日上有题为《沪南筑路问答》的文章："凡百贸易萃于南市，南市之商家，推沙船为巨擘。最盛时，多至二三千艘，帆樯所至，货物流通。若油豆饼诸项，由此进口。花米布诸项，由此出口。其他尘肆，如水聚壑，亦可谓物盛一隅矣。自从西人通商，开辟租借，凡百贸易，逐渐为之，分移始，犹分其十分之二三，继又分其十分之四五，今且分其十之七八。沙船号家，少若晨星，进出口货，大半属诸轮船，于是沪南市面，竟成外强中干之势，由他处人观之，以为沪南、沪北总不出乎，上海之境，失之东隅……"这说明了作为沙船业中心的上海，在19世纪末，由于外国商船的进入而陷入了经营危机。这是因为清政府对欧美列强开港通商，以至于后来中国海运营业的主体转移至外国商船，这种情况下，中国沙船业的衰落便成为不可避免。据《华商置卖洋船》一文记载，同治六年（1867年）二月八日记"源自各国通商以来，南北口岸洋船盛行，华船歇业，上海沙船日益疲乏"，"以前沙船业繁荣的时期，将近有三千多只船只，但是现在只剩下三四百只船只了"。从沙船数目的急剧减少，也能看到沙船业的萧条。

在丁日昌的奏折中也有此报告："自同治元年暂开豆禁，夹板洋船直赴牛庄等处装运豆石。北地货价，因之昂贵，南省销路，为其侵占。两载以来，沙船资本亏折殆尽，富者变而赤贫，贫者绝无生理。现在停泊在港船只不计其数，无力运转，若不及早挽回，则沙船停泊日久，船身朽坏，行驶维艰，业船者无可谋生，死何足惜。但在船耆舵，水手十余万人，不能存活，必致散而为匪，肆行抢掠，商贾难安。"

在李鸿章的奏折中也有沙船的报告，《收回北洋豆利保卫沙船折》："今沙船无赀贩卖，停泊在港（上海）者，以千百号计，内地船只，以运动为灵，若半年不行，由朽而烂，一年不行，即化有为无矣。将来无力重修，全归废弃。"李鸿章又在另一本奏折中说："今年沙、宁船生

意，为洋船所夺，实形苦累。"他曾请求为拯救
上海沙船经营而免除关税，有《海运回空沙船
请免北税折》。

沙船的没落不仅涉及商船海运业的生死存
亡，还涉及江海关的上海税口关税收入的减少。
那时，报纸上登载的沙船业者破产的消息也日
益增多。《北华捷报》1883 年 1 月 17 日，"在百
年多的时间里，作为沙船船主长期经营事业的
古老的巨盛亨商会于上周二宣告破产。据说商
会的负债约为二十万两，而且作为商会资产的
沙船约占总额的百分之六十。破产完全是由进
入中国水域和沿海的经营恶化造成的……"

严同春商号和致祥钱庄

当时沙船航运业的运作，资金上是依靠钱
庄支持的。沙船购进货物需要资金，钱庄出借
资金给沙船，等货物运输到达目的地完成交易，
赚到钱再买货物装运回来，到达以后，再卖出
货物，赚到利润，用所得收益还钱庄欠款和利

息。在沙船航运兴盛的时候，对于资金的需求非常旺盛，钱庄也能在这种需求中获利。当时"上海沙船有三千余号"当属实不虚。资本大的商号为满足这种需求，开设钱庄，成为更大的获利者。而在沙船业没落之时，大多数沙船经营者没有逃脱失败的命运，但也有成功转型的沙船业主，逃脱了历史浪潮的一次翻卷。譬如严同春号，因为经营钱庄而获得了一次新的机会。

当时一些资本实力雄厚的沙船商号都开钱庄。譬如，排名第一的王永盛，排名第二的郁森盛和排名十三的经正记也都是钱庄的牌号。郁森盛在咸丰六年（1856 年）发行的银币，是清末在上海发行的最早的银币，那时郁森盛发行了三种银币，一两的银币有两种，五钱的银币一种——银币正面：咸丰六年上海县号商郁森盛足纹银币；背面：朱源裕监倾曹平实重壹两银匠丰年造。王永盛将同种的一两和五钱银币改为各一种类。经正记也将一两银币作为一种发行。

可以发现，清代中后期上海经济的发展，

和沙船航运有着巨大的关系。而和沙船航运业关系密切的则是钱庄。上海的钱庄创始于乾隆年间，位于上海市黄浦区南市内园的"钱庄承办祭各庄名单碑"中，记载了乾隆四十一年（1776年）举办"承办祭"商号的名单。"以余所见上海之有钱庄业，必与沙船业及豆米业有密切之关系。……上海之有沙船业，而后有豆米业，……盖因豆米业之发展，北货业随之而开张，款项之进出浩大，金融之调度频繁，钱庄业顺其自然，得有创业成功之机会。"

前面说到，严应钧是严同春号的第三代，其实，在严应钧父亲严凤岐这辈已经开始经营钱庄业，当时叫"钱肆"。严应钧承袭家业，也经营沙船和钱庄业，到严应钧的儿子严味莲时沙船业业已没落，他在父辈的家业基础上于民国元年开设了致祥钱庄。

"致祥钱庄在南市豆市街吉祥弄，为此人的个人经营，在汇划组合钱庄中属于规模大者，开业时的资本金为一万两，储蓄金为三万两，其后增资三万两，民国二十二年废两改元之际增资为十万元，现在资本金十万元，虽然与其他钱庄相比资本额较小，但由于本人自身的资产以及信用，营业范围涉及面很广。民国二十二年以后，虽说普遍不景气而收缩交易，但致祥仍贷出三四百万元，在组合钱庄中属于中流以上的交易额。尤其是，主要交易对象的杂谷肥料商，因此于民国二十三四年度经营仍游刃有余，据说民国二十四年度的纯利润达二万元。"

　　严味莲同时还投资药材生意，是志丰药行的股东。1936年，《中华全国中日实业家兴信录》载："志丰药行在南市咸瓜街，专门制造贩卖国药，开业三十余年，是相当有名的老铺。有数种专门店，拓展销售网至全国。该药行原来有本人（严味莲）个人经营，数年前，长期员工加入股东行列，现为资本六万元的合资组织。经理为本人的长男严载如。"其中还记有严家家系：严味莲"有二子，长男严载如经理上述志丰药行，次男严熙如在家辅助父亲事业。本人在上海作为资本家而知名，多有土地以及住宅不动产，其产业在南市王家嘴角、荷花池方面、共同租界内宁波路、福熙路、敏体路等地，据说在地价高腾之时，资产估价有一千万元……"

这里提到了福熙路的房产，福熙路也就是现在的延安中路，此处房产就是现在门口挂着"优秀历史建筑"的"严同春宅"。这是 1936 年的记录，1933 年宅子才建成，新的。

在上海图书馆馆藏《上海市钱业同业公会入会同业录》中可查得致祥钱庄的信息，在《上海县志》中可以看到严味莲时严家还是开的致祥钱庄，而到他儿子严载如时，严家已经将钱庄改建成银行，当时严载如是志丰银行经理。

"它是一个交易范围较小，非常坚实的钱庄。普通贷款二百万元内外，贷款中最多的是与生丝有关的业务，向来警戒业务固定化，故在丝业不振中仍未受很大影响。……民国二十四年春钱庄危机之际亦得安然度过，是未被淘汰的五十五家之一，是经营坚实之钱庄。……民国二十四年钱庄危机之际，二流钱庄处境十分困难，几乎全部倒闭，……南市原有十数家享字钱庄相继倒闭，仅剩数家。"可见在又一次危机之时，严家又一次完美转型，从钱庄业而与时俱进进入银行业。

从严正邦的油麻店和沙船业——严凤岐的沙船业和钱庄——严应钧的沙船业和钱庄——严味莲的钱庄和药材行——严载如和严熙如的药材行、钱庄和银行，也就是五代人的时间，他们在不断调整经营方向，一直严格管控风险，然而又有浪潮翻卷而来……

严同春宅

原福熙路，现延安中路 816 号严同春宅的昔日主人，叫严载如，上海人。据《上海观察》2015 年 12 月 18 日文，"1956 年公私合营之际，严载如将此宅交由房管部门接管。"

严载如生于 1897 年，卒于 1992 年，名昌堉，斋名渊雷室、三佩簃，号二民居士，是民国时期著名的诗人、画家、学者、商人、收藏家，鸣社社员。和曹元弼、封章烜、施蛰存、陆维钊、郑逸梅等交好。也精于书法,擅长绘画,并富收藏。有藏董其昌书法五十多件,有吴昌硕为书引首,张大千画董其昌像,吴湖帆加以题识者。还著有《写忧剩稿》《海藻》《宣南游草》《云间两征君集》等。严家到了严载如时也已从银行家转向书画家、书画收藏家和诗家,于实业不再具有雄心,也或许是时代不再需要实业家了。

在延安中路816号门口的"优秀历史建筑"铭牌上标明的此宅为1933年建造。从1933年到1956年上交房管部门,严家真正拥有此处住宅,也就只有短短的二十三年,而这二十三年却经历了风起云涌翻天覆地之时代巨浪。

严同春宅的设计师林瑞骥,毕业于交通大学土木工程系,是中国第一代本土设计师。曾经看到过一则资料,1996年上海外滩中山东一路的高楼,因为要实施外滩金融街计划,房屋开始置换,中山东一路4号,上海建筑设计研究院也须按期搬出,建筑设计院搬家,处理掉许多"无用"的图纸、资料,有人曾得到一包设计院扔掉的"废品"，其内容是设计师亲手填写的信息，还有本人照片。这些资料里就有林瑞骥填写的卡片。当时填写的是："林瑞骥，五十四岁，交通大学土木工程系……自设建筑事务所，南洋建筑公司工程师。"另一份资料里填"林瑞骥，青年协会建筑部工程师"。1953年第一个五年计划，许多私营建筑师、土木工程师事务所的业主和从业人员纷纷参加公有制单位工作。1949年后，上海市人民政府公务局设建筑管理处负责全市建筑项目的审核发照工作，并对建筑师、土木工程师实行审查登记管理。登记卡就是当时的登记信息。而根据那时的政策，1954年开业的建筑师全部公私合营，而开业建筑师、土木工程师事务所最后一批公私合营是1956年。登记卡上还有注销信息："林瑞骥，1951年2月22日颁证，林瑞骥建筑师事务所在圆明园路133号4楼409-411室，1954年6月16日注销，去当上工建设公司资方。"从登记卡看，当时林瑞骥的资质是甲级，仅有的十五个甲级之一，而其他甲级的设计师大多有留洋背景，即使没留洋，也是从有"洋"背景的圣约翰毕业的。

本土大学毕业的林瑞骥设计师在设计严同春宅的时候应该还很年轻，他设计的严同春宅的风格是中西合璧式的：立面受建筑装饰艺术派风格的影响较大，但是又有自己的个性，水泥梁柱间的雀替（牛腿）仿中式木雕；女儿墙柱端仿云纹圆柱；木桶扇门上玻璃框格和裙板的中式图案精美……整个建筑形式是中式的四合院形式。平面中间布置厅堂，两侧为厢房，但是使用功能、材料和室内设备都西式化。

严同春宅的底层沿马路设门房和接待室，大天井两侧厢房为会客室，穿过大天井是客厅，因客厅面积过大，分隔成前客厅和后客厅，两侧是餐厅、次客厅和书房。西侧辅楼设会客、账房和炉子间、汽车间，采用弄堂与主楼分隔。楼层均为起居室、卧室。这是"四世同堂"的大住宅，共有七十一个房间，通过连廊可以贯通。

建筑外观方整，机红砖清水墙在窗肚处拼砌席纹花饰，主楼的窗肚处和整个建筑女儿墙饰中国传统建筑的栏杆图案，机梁枋上是宫殿花饰图案。

有评价说，该宅是在西方建筑思潮影响下，建筑师迎合业主而设计的中西合璧形式的建筑，是具有浓厚的中国封建意识大家庭受到西方文化冲击后异化的产物，有研究和保存的价值。这段评语，在了解严载如后也是能够理解的，在他那个时代，他虽然深受中国传统文化的影响，但也毕竟是能够感受西风东渐的具有敏感领悟力的商界精英，这个建筑也正是他对于住宅文化理解的体现。

严同春宅门口铭牌说是二进的四合院式，其实原先是三进的，靠福熙路的一边先是一进二层的房子，连一个院子，然后才是三层的第二进房子，连一个更大的院子，院子里有曲桥池水，有花木凉亭，再里面才是第三进房子。

上世纪90年代初，延安路建高架桥，拆了路边的第一进房子和小园子，仅留里面的二进房子和大院子。

1956年严同春宅交给房管部门接管后是

何种情形未能查到资料，不过有很长一段时间此宅被作为上海市仪表工业局办公场所使用。2002年左右，上海文新报业集团从仪电控股集团手中买下了文新大楼旁的严同春宅产权，文汇出版社曾经将此处作为办公场所。但后来此宅荒芜日久。

2007年，严同春宅曾经入市，当时估价约二点五亿人民币。那时的卖房网站这样介绍：

"老宅占地三千六百九十二平方米，主楼第一进的底层沿马路设门房和接待室，大天井两侧厢房为会客室；穿过大天井后，入第二进是客厅，因客厅面积过大，分隔成前客厅和后客厅，两侧是书房和餐厅。西侧辅楼设会客、账房和炉子间、汽车间，采用弄堂与主楼分隔。

"二楼、三楼均为起居室、卧房和休息间，共有七十一个房间，有卫生盥洗室十四间。数十间居室既相对独立又相互共联上下、左右都能贯通。东侧有一草坪，植有花木，筑有水池、曲桥、凉亭，是相当完整的中式花园住宅。

"延安中路816号，建于1934年（此处有误），三层混合结构，林瑞骥建筑师设计。原系严同春（此处错误）先生住宅，解放后曾作为上海市仪表工业局办公大楼，1998年筑建延安路高架时，该宅被保留下来。"

2013年10月28日由解放日报报业集团和文汇新民联合报业集团整合重组的上海报业集团成立。随着报业发展的需要，严同春宅在抛荒十多年后，迎来了新的时期。2015年，开始对此宅进行修缮、改造、装修。

参与改造装修的高先生提供了民国时严宅及周边地图和改造前的照片，地图能反映严宅建造时的环境，也能依稀勾起一些对于过去上海这一地段的回忆；照片更直观，地下室入口墙面剥落，阶梯上布满青苔、尘土，但还是能据此想象几十年前的大宅气派，地下室都如此巨大，是用来做什么的？所有的资料都没有介绍。哦，看到房地产信息上说，有个地下室，可以改建成车库。高先生说，地下室上面是小土坡，长满了野草。后来，地下室被改造成了报社电脑排版房。

为了保护"优秀历史建筑"，必须体现严同春宅原本的风采，他们请了七家设计单位做改建方案，在七家中选出最合适的——修旧如旧，但也旧中有新。

　　照片上能够看到，即使没有改建装修前，这个宅子也还漂亮得像舞台的布景，空荡荡的，只有植物疯长，植物爬满了可以爬的外墙以及可以生长的空地，欣欣、郁郁、葱葱、苍苍、蔓蔓……然后是光、是影，是一大片一大片的时间，是颓败，是一种被弃置的考究。

　　而现在，它又光亮如新，却不再具沧桑。

　　世上事难两全，新生，毕竟美好。现在严同春宅除了中西合璧，更增加了现代的元素——进门是大堂，也是咖啡吧，有专人制作咖啡，咖啡味道一点不比星巴克差；又是书吧，一面书墙直入"云端"，一架三角钢琴居中摆放，似乎随时会响起琴声。中西新旧，在同一个时空中，令人心生感慨。

　　报业集团进行了几次搬迁，从老《申报》大楼搬到汉口路300号外形似笔的报业大厦，又搬到莘庄解放日报新报业大厦。这次搬迁，有几位先辈也一起来到严同春宅，他们是史量才、邵飘萍、戈公振、邹韬奋；1949年主持上海《解放日报》创刊并担任社长兼总编辑的范长江，1949年底任上海《解放日报》社长兼总编辑的恽逸群。他们的塑像在严同春宅绿草茵茵树影婆娑的院子里卓立。

他们和严载如是同时代人，都经历了清末、民国，然后进入新的时代，那短短的几十年，却慷慨激越。经营《申报》的史量才，说不定他的报纸还报道过严同春号的经营。不知他们中有谁和严载如有过交集？在一个风云变幻的大时代中，每一个时代中人都有自己的命运。无论如何，这些报界先辈现在来到了严同春宅，成为严同春宅"今生"的一部分。

院子里还有一架叫"压版机"的废弃机器装置，这是现代感的一部分。说明如下："产地，德国；功能，压制纸型；年代，20世纪70至90年代。20世纪70至90年代，解放日报的批量生产工艺为铅版印刷。一张报纸在编辑编排完版面后，要经历压制纸型—熔制铅板—滚筒印刷这三道工艺，才能成为读者手中的报纸。这台产于德国的压版机的作用便是将专用多层纸覆于铅字版面，用高温高压压制成制作报纸的母版，称为'纸型'。"离它不远的地方，有一个红色的"上海观察"LOGO。

现在的严同春宅，已经充满了一种新的气息。

当文章接近尾声时，正好是《解放日报》七十一周年庆。报社在严同春宅展出了七十一年来解放日报记者的九十九个站位，这九十九幅摄影作品，提供了一个上海历史展台："这里展现的是1949年上海获得新生以来的九十九个瞬间，均来自解放日报记者曾经站立过的历史现场……"难得的是，1956年的上海俯瞰图也在严同春宅展出。

1956年，《解放日报》刊登了关于沙船历史的研究文章。

1956年，严载如将严同春宅交由房管部门接管。

1956年前，严同春宅的设计者林瑞骥注销了个体设计事务所。

1956 年，《解放日报》刊登了一张记者所摄的当年上海俯瞰图。

……

巴菲特说，如果你坚持足够长的时间，会看到市场上的一切。但其实还可以有另一种看的方式，那就是从历史中去看——在没有机会完全靠经历的时候。

钱穆说，讲历史，便可叫人不武断。因事情太复杂，利弊得失，历久始见，都摆开在历史上。现在，因为一所宅子，我们也探寻了一段历史，摆开了看，我们看到上海的缘起和发展，这所宅子也起到了一个穿针引线的作用，成为一部历史的缩影。没想到，并不能算是最宏伟建筑的严同春宅，却链接了一部城市史，如果不去翻阅，它就无声地隐入历史深处，连每天进出严同春宅的报业工作者都不能听到那波澜壮阔的滔天声响。

沙船 ——上海市徽上的帆船图案即为沙船，而以前很多人却并不了解沙船。"沙船和螺旋桨作为主题元素被纳入上海市徽中，正是基于航海与上海这座城市深厚的历史渊源。"1990年上海市人民政府发布了上海市徽图案，对图案的解读这么说："市徽由三个部分组成，沙船，白玉兰花和螺旋桨。"

其实早在民国时期，上海也有市徽。那时候的上海市徽是由沙船和棉花组成，上海曾经"衣被天下"。

沙船是上海的源头，上海从海上运输而来。

现在想，怪不得那个什么也看不见的小山坡如此令当地人自豪，其实，从那里开始链接了久远——过去或者未来。

万物互联。

注：本文部分引文转引自 [日] 松浦章《清代上海沙船航运业史研究》

模范村

/ 杨绣丽

　　模范村，位于延安中路 877 弄，新式里弄
建筑群，1928 年建造。模范村曾居住我国近代
文化史上的著名人物冒广生。冒广生，字鹤亭
（1873—1959），其先祖为元世祖忽必烈，冒辟
疆是他的祖辈。冒广生历任农商部全国经济调
查会会长、江浙等地海关监督、中山大学教授。
新中国成立后，任上海市文管会特约顾问。著
作有《小三吾亭诗文集》等。

　　　　这 12 幢南北排列的房子
　　　　红瓦白墙
　　　　像尘世画卷里的水墨
　　　　清洗着雾霭和往事
　　　　有一位名叫冒鹤亭的名流

曾把模范村一只黑底色斑的蝴蝶

请进吴湖帆、吴青霞的丹青

那只黑底色斑的蝴蝶

它飘飘欲仙的翅膀

还追随过钱锺书、徐悲鸿、

周信芳、梅兰芳等人的身影

这些过往的大师

曾和鹤亭先生结下金兰之交

他们像风流倜傥的云和流水

在模范村的青石台阶驻足

他们仰起向日葵般的头颅

在幽深的巷子口

看一只灰鸟向空旷处飞去

向空旷处飞去

羽状复叶的凌霄花已攀援至模范村

斜坡的瓦顶

一群孩子和花朵一起眺望摩登的远方

踢毽子、逗蟋蟀的嬉笑仿佛还亘古如新

岁月是冒鹤亭笔下的绝句

以简驭繁　刹那古今

路过模范村

偶遇它的红瓦白墙

犹如偶遇它的唇红齿白

清朗疏俊

在悬挂"青春社区"门牌的弄口

绿色的字符跳动模范村的生机活力

它也像一只蝴蝶的翩跹

唤醒了这 12 幢南北排列的房子

复活这里全部的阳光和星星

"俏江南"

/ 杨绣丽

　　延安中路 881 号，曾是胡笔江的花园大宅。胡笔江（1881—1938），中南银行创办人。1932 年"一·二八"淞沪抗战中，胡笔江主动为英勇抗日、力挫侵略军凶焰的十九路军捐献万元巨金，用以补充军费。1938 年 8 月初，胡笔江所乘飞机被日机击落，不幸罹难。胡笔江遇难后，国民政府追认其为烈士。毛泽东、朱德、彭德怀皆送挽联致哀。他被称为"平民之子""金融巨子"。延安中路 881 号乃胡笔江故居，现为京剧特色的"俏江南"饭店。

　　满墙的绿植连绵
　　这中西合璧的花园洋楼
　　1927 年的杰作

像一幅色调丰富的油画
挂在延安中路高架的南边
和古俄罗斯风格的展览中心遥相对应

历史挥动魔术的手
把一幢建筑换了主人
时光叠序更替
京剧的脸谱闪现"俏江南"的姿影

而温柔的黄昏还在
一位名叫胡笔江的男人
穿过他的楼庭栅栏、茵茵翠竹
举起郁金香状的水晶酒杯
啜饮旧上海的葡萄酒酿
宾客盈盈、华灯酩酊
他的胸间却云层翻涌
风雨飘摇的时代
民族的正义在他身躯中烈烈燃烧
他告别这幢华庭洋房
在抗日的战火中舍身就义

舍身就义

"金融巨子"从平民的人群中走出

又向革命的先驱遭进

今夜，华服男女，觥筹交错

尝过佳酿的人们

在挑空的中庭，罗帐凉亭

看烛光摇曳、水景潺缓

他们是否能想起这世外桃源中

还栖息着旧日的主人

一位民族志士的清俊灵魂？

4000 多平米的梦幻之地

旖旎奢华的烟波春水

此刻，青衣上场

铿锵的京剧在这清幽的夜晚再次激荡

念白幽咽、行旋起伏、山河跌宕

瞬间，你血液奔腾

在郁郁青青 天地沉醉之中

你一步踏入于这无限澄明的江南之境……

四明村

/ 杨绣丽

　　四明村，亦作四明邨。四明村系四明银行于 1912 年与 1928 年两次投资兴建。在四明邨，曾有泰戈尔、章太炎、徐志摩、陆小曼、周建人、胡蝶、吴青霞、高式熊等著名人士居住于此。2005 年 5 月 18 日被命名为"文化名人村"。

2019 年夏日的某个早晨
密布的脚手架就像泰戈尔的诗句
踮起脚尖向四明村的楼顶张望
这是四明村居民正在翻新旧居的场景
一个时代的光阴在红瓦红墙里被清水勾缝
爬山虎重新绿遍晒台和亭子间的空隙

"阔的海空的天我不需要，

我只要一分钟，我只要一点光。"

志摩说。他在这里曾经吟诵过他"阔的海"

在四明村 923 号

深红色窗帘是小曼

隐匿而甜蜜的书卷

她要借着镂花大铁门外的光亮

描画她的"江边绿影图"

这是气息清峻的过往

新式石库门里弄凸现西方文明生活的雏形

影星胡蝶的绝代风姿、软糯清甜

在四明村，播下属于她的

"自由之花"和"落霞孤鹜"

在四明村，高式熊捐赠出父亲的临帖本

一个时代和一个时代承接叠印

四明村用乌漆大门上的铜环

叩响上海文化和世象的第一声铿锵之音

在四明村

高挺的脚手架一次次激昂竖起
翻新、如旧，如同屋顶的鸽子
一次次出发、抵达

夏日，乘凉的妇人拿着手机、摇晃蒲扇
花裙涌过弄口的裁缝铺和烟纸店
对面的巨鹿路，便打开夜的酒吧
把梧桐的树影和月的云袖
舞动在四明村的胸膛和指尖……

巨鹿路
Julu Road

爱神花园

/ 杨绣丽

　　爱神花园，巨鹿路 675 号，解放前，曾是一幢私人住宅，它的主人是旧上海著名爱国实业家刘鸿生的胞弟刘吉生。1926 年，刘吉生请著名的匈牙利建筑师邬达克设计，建造了这幢花园洋房，作为送给他妻子四十岁的生日礼物。花园里有著名的爱神普绪赫雕塑。现在，这里是上海市作家协会的所在地，是上海一个标志性文化设施和文学活动中心。

　　　把爱卷入清泉
　　　早晨的曦光和小天使一起徜徉
　　　把爱缠绕藤蔓
　　　正午的爬山虎在爱奥尼柱门廊
　　　旋转提琴般绿色的音澜

黄昏在这里驻留

古希腊的蝴蝶和灵魂

从入浴的普绪赫身上涌出

我看到了这惊诧的美

爱神的呼吸从爱神的臂膀向天空延展

向天空延展　爱神的臂膀

她举起，裸露的胸脯正对高高的拱门

这 155 厘米高的雕像

娇小的美人

院子的花正开出四季的诗行

她微笑，笑容衔接蓝天里的甜蜜

和裙摆边的洁白

我爱她

爱这里布满镏金的缠枝

与卷草纹的顶饰

我爱她

爱那葡萄图案的彩绘玻璃

和飞翔的丘比特相遇

她为我们开启光阴的彩壁

在螺旋形上升的楼梯里

我们闪出文学玫瑰的册页

让柚木的拼花、枝形的水晶

向南或向东挑起的阳台

互相问候熟悉的昵语

在这巨鹿路675号的爱神花园

你不要探听"K.S.L"的秘密

也不要问起男女主人公的姓名

它是他的，是她的，

也是我的，更是你的

侧身，风吹开巨鹿路花雕铸铁大门

院内葡萄架下的紫藤花

正向一众的文艺青年

讲述过去的故事……

作家书店

/ 杨绣丽

作家书店，位于巨鹿路 677 号，是上海市作家协会的所在地。2018 年 4 月 23 日，作家书店重新整修，对外营业。

书本比水晶更明亮
音乐比玛瑙更璀璨
你说，咖啡的浓香
停留在灵魂里
指尖，翻动的是轻质纸的脆响

落地玻璃和梧桐叶的绿荫一起交缠
秋天滑过扶梯的漆脂
你拾级而上　拾级而上
童年的宫殿　文学的城堡

无数个景仰的名字

在书籍的脊背上熠熠闪光

你或许会在这签名本前邂逅

一次盛宴之旅

这里，处处有琥珀般的聚会

一场场透明的交谈

研讨着都市的脉络和温存

一群手执文学之灯的人们

正照亮这花园深处的黎明

作家书店，年轻的服务生为你

打开小说的书影

这甜美的时光一声不语

而春天已经喧闹缤纷

指尖，翻动的是鸟儿的脆响

内心的碧绿

音乐比玛瑙更璀璨

书本比水晶更明亮……

南阳路 Nanyang Road

隐于繁华

——南阳路和贝公馆

/ 惜珍

    作为优秀历史建筑，贝公馆似乎有些特殊。这幢中西合璧的海派住宅的主人是上海滩门庭显赫的贝氏家族传人——贝义奎。贝家是昔日上海一个大家族，贝义奎是昔日上海滩人人皆知的颜料大王贝润生的小儿子，这幢房子是贝润生送给贝义奎的。贝润生还是当今著名建筑设计师贝聿铭的叔祖父，而贝聿铭的父亲贝祖贻也是昔日上海滩的大人物，他曾任中国银行行长、中央银行总裁。

    有意思的是，这个门庭显赫的豪宅不像马勒别墅、上海展览中心那样矗立在城市中心人流密集的主干道上，而是低调地藏在连老上海人也未必知悉的一条小马路——南阳路上。这条路悄悄夹在南京西路和北京西路之间，也不像那两条路那么长，只是短短的一截，很难引起人们的注意。因为少了繁华喧嚣，倒反而显出与众不同的淡定和安详。

历史底蕴丰厚的南阳路

贝公馆所在的南阳路是一条悄悄隐在恒隆广场和中信泰富背面的东西向小马路，它东边接着陕西北路，西边连着铜仁路，全长还不到五百米，仅仅十几米宽，这里过去是上海西郊的农田，1899年划入上海公共租界。1906年，公共租界工部局修筑此路。马路修成后，沿路建起了住宅区，虽和繁华的南京西路近在咫尺，但却要清冷许多。它与南京西路平行，却没有车水马龙和喧嚣嘈杂，被人们戏称为"南京西路的后街"。

这是一条有历史底蕴的小马路，一路上的房子也大多有着自己不凡的身世，否则，颜料大王也不会选中这里的地皮来修建自己家族的豪宅。

靠近陕西北路的南阳路 30 弄内坐落着建于 1933 年的巢居公寓，这座有着老上海经典建筑风格的老公寓入口门楣上还保存着一块斑驳陆离的英语门牌"NEST HOUSE"，在路灯的微光下无言地诉说着摩登年代的风情。一边的南阳路 44 号独立式住宅和南阳路 56 弄的住宅原是德国人伯雷尔的产业，第二次世界大战时期，德侨回国，房子却留了下来。如今走进 56 弄内，可以看见一排黄色的中西合璧的房子，有绿色琉璃瓦。弄内两边种着花草树木，很闲适的样子。

走到南阳路 70 号，可以见到一幢掩映在绿树下的具有欧洲古典建筑风味的花园洋房，前后是连体双坡绿瓦屋顶，外墙装饰几何壁柱的南立面为竖三段构图，北立面三层有开放的阳台，四周环绕宝瓶式围栏。建筑底层入口原为外伸式门廊，由水泥台阶与木质栏杆共同组成，楼梯位于大厅之后。这幢漂亮的花园洋房曾是张爱玲的堂兄张子美的住宅，曾经翻译过《希特拉末日记》等书的张子美也算是与文学有点关系。他毕业于香港大学经济系，曾先后从事金融、税务、房产管理等工作，这幢建筑原为他的私宅。张子美一家在这里一直居住到1966年，现在这里是南阳实验幼儿园的4号楼，已不是往日旧貌。恒隆广场对面是建于1925年的南阳公寓，原名菲力门公寓，它和西康路南阳路口的建于1931年的南沙公寓融为一体，南沙公寓原名派拉门公寓。这两幢有过洋气名字的公寓大楼据说是孔祥熙的儿子孔令侃在1937年"八一三"淞沪抗战后借用其女友魏秀琦的父亲魏鹤智的名义购置的，价值达数千两黄金。如今，这排黄色的中西合璧的老洋房已住进了寻常百姓，弄内两边种植着花草树木，显示出一种闲适的生活状态。南阳路134号是一幢典型的安妮女王时期建筑风格的"红房子"，建于1920年代前，漂亮的清水红砖墙，三层坡顶假四层老虎窗，欧式大门口两侧的科林斯柱头，圆圈加尖饰的设计精巧雅致，门上是中式雕花，几何状拼花地面，住宅楼梯栏杆上布满了式样繁复的叶饰和花饰，雕工细腻，屋子里的西式壁炉造型各异，用料考究。这幢气派的花园住宅是曾任上海振华油漆有限公司董事长张兰坪的旧居，张兰坪还是颜料大王贝润生的助手，后担任世界红十字会上海分会会长。我想，会不会是因为张兰坪的建议，贝润生才选址在南阳路建造豪宅呢？

紧邻"红房子"的南阳路154号坐落着一幢十多层的大楼，这幢不起眼的大楼所在地曾经坐落着一幢承载过中国历史上特殊时刻的建筑，它叫惜阴堂。南阳路开辟时还是清朝末年，1911年12月上海举行南北议和后民国方始诞生。据记载，南北议和的幕后会谈和筹划都曾发生在南阳路154号（当时的地址是南阳路10号）的惜阴堂中。惜阴堂的主人便是人称民国产婆、民国诸葛、晚年自号惜阴老人的赵凤昌。赵凤昌虽是一介布衣，但由于他在政界和商界的经历，使得他阅历丰富、人脉深厚，他所居住的惜阴堂是地方绅士、商界、学界主要聚会的场所之一。黄兴、唐绍仪、张謇、宋教仁、黄炎培等社会名流都是这里的座上客。1911年10月15日，即武昌起义爆发后的第五天，赵凤昌便致电黄炎培、张謇等人到惜阴堂商讨时局。唐绍仪来上海协商南北议和，到达上海后，当晚就到惜阴堂与赵凤昌会谈。12月25日，南北议和举行的当天，孙中山先生抵达上海。第二天就到惜阴堂看望赵凤昌，此后又多次前往，共商建国大事。1912年1月中旬，南北双方在惜阴堂达成清帝退位、拥立袁世凯为大总统的密约。随后，在赵凤昌、张謇等人的筹划下，又在惜阴堂拟定了清帝退位诏书。至此，和平统一、创立民国的大局已定。可惜的是这幢具有历史意义的西洋别墅没能保留下来，在新中国成立前惜阴堂被国民党作为敌伪产业处理了。后来惜阴堂被拆除后，原址造起了一幢大楼。

在贝公馆对面可见两幢分别名为南阳大楼1号楼和2号楼的高层建筑，位置在波特曼大酒店后面。高二十五层的南阳大楼一梯九户，是

南西逸境

那种房型老式的电梯房，一梯九户的结构现已不多见。行至北京西路口的南阳路上，可见一幢气派的公寓楼，因北京西路旧名爱文义路，故这幢公寓原名爱文公寓。这幢建造于1932年的公寓系邬达克设计，为现代派风格的三排多层公寓。由于它是由大陆银行总经理等组建的联华发电厂公司所建造，故又名联华公寓。在南阳路上还可以看见许多错杂在民居间的酒吧、咖啡馆、时尚小店等，入夜之后想必另有一番热闹景象。传统和现代、奢华和式微，奇妙地交织在这条南京西路的后街上，成为最上海的画面。

坐落在南阳路170号的贝公馆可以说是这条路的华彩，它奏出的乐章舒缓轻柔，承载着往日上海滩一个家族的传奇故事。

重情重义的老上海颜料大王

贝公馆的主人贝义奎所在的家族在上海滩是个显赫的大家族，贝义奎的父亲贝润生是上海滩家喻户晓的颜料大王。贝润生原名贝仁元，他1870年生于苏州，原籍浙江金华。贝兰堂作为贝氏始祖于明朝中叶以行医卖药为生定居苏州，至清乾隆年间由于经营中药业成为苏州四富之一。然而贝仁元幼时却已家境贫寒，生活全仗族人所办的"留余义庄"接济。贝仁元的父亲是私塾教师，他自幼苦读了几年书，对日后发展起了很大作用。十六岁时，他经姐夫介绍进了上海山东路274号的瑞康颜料行当学徒，拜店主奚润如为师。奚润如共有两个徒弟，除贝仁元外，还有一个便是日后的"海上闻人"虞洽卿。为人忠厚、勤奋敬业的贝仁元深得老板欢喜。1898年，年事已高的奚老板决定退出商界，他让时年二十八岁的贝仁元接替了瑞康行经理，此前，虞洽卿先已到荷兰银行担任了买办。从此，贝仁元踏上了经商之路。为了表示对奚润如视己如亲子的感激，他便取字润生，并用此名字在社会上闯荡，而贝仁元的名字倒反而渐渐淡出了。

中日甲午战争后是中国纺织工业的初兴和

发展时期，棉纱和布匹需用大量颜料，当时德国拜耳公司生产的化工合成颜料"阴丹士林"垄断了中国的颜料市场，而贝润生掌管的瑞康号在他的师兄虞洽卿帮助下获得拜耳公司在华的经销权，仅几年时间就成了上海颜料业的巨头。第一次世界大战爆发后，北洋政府最终决定参加以英、法、美、日等国组织的协约国阵营，对德宣战。这时，德商前德孚洋行的大班已属敌国侨民，亟待返国。在撤离上海前，他把大批颜料现货折价卖给了贝润生。随着战事的延长，远东颜料市场货源奇缺，贝润生遂得以涨至数倍乃至数十数百倍的高价出售获得暴利。第一次世界大战结束后，德国很快恢复了生产，贝润生又以与德商的老关系获得经营中的垄断地位，成为沪上首屈一指的"颜料大王"。功成名就后的贝润生没有忘记恩师的大恩大德，他将瑞康颜料行还给了奚润如的儿子，帮助和指点他如何做颜料生意，自己则转入上海的房地产投资。

买下狮子林并投资房地产

很快，贝润生又成为上海滩人尽皆知的地王。1909 年，贝润生购进了当时法租界华格臬路、贝勒路，即今宁海西路、黄陂南路的地块，兴建了自己的豪宅（该住宅在 2001 年秋建造延中绿地时被拆除），1917 年贝润生又在故乡苏州买下了苏州园林中著名的狮子林和附近的大片基地。始建于 14 世纪的狮子林，是汉族古典私家园林建筑的代表之一，又是苏州四大名园之一。狮子林以大规模的假山著称，乾隆皇帝曾五游狮子林。1859 年，狮子林毁于战乱，荒废了许久。贝润生先后投资银元八十万，历时九年改筑恢复了狮子林。狮子林修缮一新后，归全体族人享用。贝润生认为，"以产遗子孙，不如以德遗子孙，以独有之产遗子孙，不如以公有之产遗子孙"，他把自己花巨资修缮一新的狮子林，给全体族人享用。此外，他在园子里设立了贝氏祠堂，并在旁边捐资建立了贝氏承训义庄，用来赡养、救济族人，以报答族人对

南西逸境

他少年贫寒时的资助。贝润生还与贝聿铭的祖父贝哉安共同捐资在苏州城开办了中国第一个新式幼稚园，二人对苏州的公益事业和慈善事业做出了巨大贡献。

贝哉安比贝润生大四岁，他青少年时便得中秀才，二十岁时成为苏州府学贡生。他在即将走上仕途时，由于父亲贝晋恩去世，只得挑起家庭重担，打理父亲留下的典当、酱园等产业。由于他极善理财，为人口碑又好，被知县吴次竹聘为幕僚，掌管赋税和财会工作，当时被人称为"钱谷师爷"。他在1915年协助陈光甫在上海创办了上海银行，1917年出任苏州分行经理。他还协助陈光甫在上海创办了中国第一家新型旅行社——中国旅行社，后来，又在苏州成立了分社，贝哉安任经理。贝哉安家族后来之所以被称为金融世家，是因为他的五个儿子、四个孙子都从事银行工作。其中最负盛名的当属他的第三个儿子贝祖诒，也就是后来成为世界级建筑大师贝聿铭的父亲。贝祖诒于1946年3月1日出任中央银行总裁，虽身居要职，但公正廉洁。贝润生因捐资助学、办学，曾受到孙中山的褒奖和各届政府及教育部门授予的奖章匾额。他还响应贝哉安的提议，出资修建了苏州火车站南面的跨河大桥，并以其父的名字"梅村"命名为梅村桥，同时修建了部分主干道。梅村桥就是今天的平门桥，至今仍是苏州火车站通向市区的主要途径。

20世纪20年代开始，贝润生几乎把所能利用的资金全部投入了房地产经营。他1932年在霞飞路（今淮海中路）468号至494号建造的康绥公寓因设施先进，盈利可观。至20世纪50年代，他在上海市区已拥有各类房屋近千幢，其中包括金陵东路四川路口的金陵大楼等高层建筑，成为房地产后起大业主中首席。贝润生有两个儿子，长子生于1896年，名贝义堃；次子生于1904年，名贝义奎。兄弟俩成家后，贝润生就把自己的产业分几次分给了他们，按中国传统，主要继承人是长子，故分得的财产多得多。分家后，长子仍与父亲住在老宅里，次子则搬出另住。长子义堃生有三个儿子，而义奎则生育六个儿子。所以，义奎常在父亲面前抱怨财产分配不公。为了安抚小儿子，1939年，贝润生拿出了属于自己名下的位于南洋路（今南阳路）的土地，再造一幢房子给他，算是补偿。这就是这幢位于南阳路170号的贝公馆。

中西合璧的海派花园住宅

贝公馆是中西结合建筑的代表作品之一，中国传统理念在这幢具有装饰艺术派风格的建筑中得到了很好的表现。贝公馆的正门在南阳路上，它的北门在北京西路上。人们经过与南阳路平行的北京西路1301号时，可见一个拱形门廊，门廊镶有一圈中国传统的花纹，周围的石墙显示出不凡的气概，沿着围墙转到南阳路上的170号，便可见这幢楼的庐山真面目。

贝公馆建成于1940年，由主楼、副楼、花园组成。这是一幢中西合璧的海派花园住宅。主楼为三间两厢传统式平面，以正中为中轴线，两侧对称，立面呈凹字形，中间部位的二层与三层均设计为内阳台，两侧外凸的部分均设置宽大的方格子玻璃窗。外墙采用乳白色泰山砖贴面，拼贴成考究的横竖相间图案，简洁的立面很少有线脚装饰。楼梯间采用西洋式圆形平面。楼层南向是二室二厅二卫，大平台可连通。南立面层间阳台栏杆用砖砌成北向传统的回纹形图案，大理石台阶通往底层门廊，入内是大客厅，立面均用柚木护墙板，平顶为简洁石膏线脚，天花板上垂下水晶吊灯，庄重而华贵。这间大会客厅可以举行小型的私人宴请或舞会，还设有弹子房、健身房和一个回力球房，北向是全家人用餐的大餐厅。东厅后小间置有柚木穹隆顶，上面饰有"双龙戏珠"的彩色浮雕；西厅内侧有橡木制作的护墙板，移门上雕有中国传统的福禄寿吉祥图案。客厅东侧是儿童游戏室，后面是西洋式圆形楼梯间，玻璃穹隆顶和东墙竖向统长玻璃窗的光线将楼梯间照得通亮。楼梯底层大理石扶手上雕刻着龙身虎爪，显示出主人崇尚中国传统伦理道德的思想。楼梯间门厅直通骑楼，自备汽车可避开风雨直接来此接送主人。当年，贝义奎拥有私人轿车六辆，其中两辆是凯迪拉克。西侧是书房和小餐厅，相互分隔又可连通，直至卫生间。该宅居室的特点是卧室大起居室小，沿西边还有三间主人子女的卧室，其中一间通过卫生间可以连通，便于照顾幼小孩子。宅内还配有电梯。

住宅副楼沿北京西路方向布置，通过一个锅炉房和南侧主楼连接，还有汽车库，二层为事务室和工作人员卧室。副楼高四层，属于现代派建筑风格。立面的勒脚部分用大理石贴面，部分用奶白色泰山面砖，底层北大门和窗户均为铜制。四楼大厅中央有三个玻璃穹隆顶，四周立面用水刷石饰面，带有装饰艺术派的特征。主副楼之间有门廊，东侧入口墙面上有大幅照壁，上面镶嵌了用面砖烧制的一百个字形各异的篆体"寿"字，犹如一幅大型书法，既蕴涵吉祥又雅俗共赏。住宅奠基那天，恰好是贝润生七十华诞，想来是儿子给父亲的祝寿礼物吧！在建筑的北立面，可以看到两排圆窗，圆形的窗洞和中间的正方形窗框，恰好形成铜钱的形状，设计师的匠心可见一斑。由于贝公馆采用的是西方"前院后屋"的布局方式，入口便是花园。花园采取苏州园林造园手法，布局随地形起伏，内有小桥、池塘、凉亭、花圃、葡萄藤架等，湖石、假山等乃用土和石铸成，虽非天然之山，但每一块嶙峋的青石、突起的孤峰，均由贝老先生亲自挑选，别有一番闲情逸致。非常有趣的是，花园里伫立着一座伊斯兰风格的石质凉亭，其优雅别致的造型为别处所罕见，这座雕刻精致的石头亭子矗立于园林正中，三面临水，四周环绕着草木，风姿绰约，又带着几分妖娆，十分抢眼。

作为中西结合建筑的代表作品之一，贝宅建成后在上海滩风光一时。1940年第23期的《良友》杂志以《东方建筑图案》为题介绍了贝公馆如何实现中式传统与现代建筑融合。

贝宅落成后的第二年，即1941年，七十一岁的贝润生病逝于上海。贝宅的人在解放初相继迁往香港、美国、巴西等地。1956年公私合营时，贝润生的孙子贝焕章以全部出租房产投入社会主义改造。他本人曾担任过公私合营的房地产副经理，还当选为上海市人民代表，也算承袭了祖上的遗风吧！1996年，旅居美国的贝聿铭回到故乡苏州，在狮子林举办了他的八十大寿生日晚会，并接受了苏州市政府的聘书，担任城市建设高级顾问。现在的狮子林同时也是世界文化遗产、全国重点文物保护单位。

那天晚上，贝聿铭漫步在自己族叔公贝润生修缮完整的、现为世人所公有的狮子林里，回忆起自己幼时在狮子林嬉戏、玩耍的情景，感慨着世事的沧桑巨变，挥笔写下七个字："云林画本旧无双"。几年后，贝聿铭八十六岁时，他把自己的封山之作——苏州博物馆的馆址选在了南临狮子林的地方，他将自己多年积累的建筑智慧结合东方的传统美学以及对家乡的情感全部融汇在这座建筑里，创造出了独具魅力的视觉之美。博物馆新馆的设计借鉴了传统的苏州建筑风格，贝律铭把博物馆置于院落之间，使建筑物巧妙地融入周围环境。2006年中秋节，苏州博物馆新馆开馆，这一年，贝聿铭九十岁。

如今，昔日名流云集的贝公馆已被改造为贝轩大公馆，成为一个老上海风格的酒店。无论是大堂陈列的各式古董、天花板上闪烁着的流光溢彩的琉璃，还是这部最早出现在上海的OTIS电梯，以及雕刻着龙形的大理石楼梯栏杆，无不阐述着当年的奢华。因为贝公馆，许多热爱上海老建筑的人寻寻觅觅而来，纷至沓来的人群使得原本安静的南阳路有点不习惯了。

后记

　　静安区是红色文化、海派文化、江南文化资源的承载地和汇聚地，拥有一大批城区特质鲜明、海派特色突出、内涵价值丰富的文化资源，不同文化在这片土地上交融汇聚，留下无数珍贵的回忆。静安区内，绿荫环绕下错落分布着一大批风格迥异、融合了中西文化精髓的海派建筑，近百年来，随着近代租界越界筑路，沿着现在北京路、南京路、延安路三线从东向西不断拓展，十里洋场淘金的洋人、中国的买办、工商业巨头、文化名流纷纷在此或置业、或驻留，宁静闲适的中国乡村文明与喧嚣张扬

后记　　　　　　　　　　　　　　　　　　　　235

的西方工业文明开始在这里交融，成为江南文化和海派文化的典型代表。与此同时，由于静安在历史上特殊的地理位置和公共租界特殊的环境，为早期革命党人开展活动提供了得天独厚的有利条件，使静安成为马克思主义传播地、革命领袖足迹地、中国共产党首部党章诞生地、中共中央早期机关聚集地、群众运动策源地，也为今天留下了一大批宝贵的红色资源。

地处静安核心区域的南京西路街道，正是近代上海的典型缩影，马勒别墅、静安别墅等大量欧陆建筑与中国传统建筑交相辉映，现有全国重点文物保护单位2处、上海市文物保护单位11处、上海市优秀历史建筑50处，构成了中西合璧、海纳百川的建筑风格，这些位于当年公共租界大动脉南京西路两侧的花园洋房、公寓大楼中，曾创造了一番番惊天动地的事业，上演了一段段极富传奇故事，从这里，我们可以更好地了解这座海派城市荣辱兴衰的历史，读懂这个城市近百年来的阴晴圆缺。在中国新民主主义革命的各个历史时期中，党中央的许多机关曾设在这里：中国共产党第二次全国代表大会等多次重要会议在这里举行；毛泽东、周恩来、邓小平、瞿秋白、恽代英、罗亦农等许多党的著名领导人都曾在这里开展过革命活动，革命前辈的足迹遍及南西各处，不少革命先烈把热血抛洒在这块土地上，辖区有重要革命遗址 32 处，中共二大会址、茂名路毛泽东旧居、安义路毛泽东寓所旧址等都是著名的爱国主义教育基地，汇成了深沉跌宕、变革腾飞的红色史诗。

为迎接建党百年，进一步传承和弘扬南西优秀的红色文化、海派文化和江南文化，南京西路街道自 2020 年起，联合区域单位上海市作家协会，邀请三位知名作家，对辖区内的革命遗迹、历史保护建筑背后的故事采撷梳理，从提升辖区文化软实力的角度出发，不断探索"建筑可阅读"的理念，厚植城市精神、展现城市品格、传承红色基因，将浸润于南西人血脉之中的人文历史、文化传统和革命精神——挖掘出来，呈现给各位读者，以吸引更多的人们了解、保护、"活化"、传承历史文化和城市精神。

今天，当我们用现代化的方式铸造新时代的同时，我们也不应忘记这些日显珍贵的文化遗产，它是一座城市发展的记录，也是一个城市内在的神韵。拂去历史的尘埃，让我们共同来回顾曾经发生在这里的荡气回肠的历史故事，共同寻找岁月中的南西记忆。

（作者为南京西路街道党工委书记）

中国作家协会会员。上海市作家协会创联室副主任。兼上海诗词学会副会长、上海作协诗歌委员会副主任、崇明区作家协会主席、《上海诗人》杂志副主编。出版作品十多部。曾获第15届中国人口文化奖文学类奖、首届"上海国际诗歌节"诗歌比赛一等奖、第七届"徐迟报告文学奖"提名奖、第十二届《上海文学》诗歌奖等奖项。

杨绣丽

上海《解放日报》高级编辑。中国作家协会会员；中国散文学会会员；中国世界华文文学学会理事、专委会副主任；上海作家协会理事、上海作家协会散文报告文学专委会副主任；上海诗词学会理事；中国写作学会杂文专委会常委、创作专委副主任。出版有散文集多部。作品被选入数十种散文选本及连续多年被选入中国散文年度精选。获中国新闻奖、全国副刊论文奖、上海新闻奖等国家及省级以上奖项凡三十余项。

朱蕊

惜珍，本名朱惜珍。上海作家。创作始于上世纪90年代初，早期以中短篇小说和抒情散文为主，2003年起，开始历史人文的非虚构写作，先后有多部城市文化主题专著出版。2016年出版的《永不拓宽的上海马路》（全三册）入选2017年第三季市民修身书单、2018年五四荐书榜单及2018年《老洋房阅读之旅》推荐读物。这套书多次重印，其电子书已被美国斯坦福大学图书馆和埃默里大学图书馆引进。2021年1月出版散文集《上海：精神的行走》（上下册），以作家的眼光去写城市的前世今生，用文字描绘出一幅幅气韵生动的城市画卷。

惜珍

他们踩着模范村的青石台阶 / 像风流倜傥的云和流水 /
在幽深的巷子口 / 看一只灰鸟向空旷处飞去

—— 选自 杨绣丽《模范村》

一扇通往过去的大门突然打开了。万物互联可能并不仅
指由网络连接的时间平行之世界。有些连接，在看似无
关的节点上，因缘际会，奔涌而来……

—— 选自 朱蕊《严同春宅的前世今生》

我最迷恋傍晚时分的马勒别墅，这幢沐浴在夕阳下的
城堡式建筑晕染着淡淡的金黄色，仿佛印在云端的童
话仙境。

—— 选自 惜珍《马勒别墅》

ISBN 978-7-5496-3614-3

9 787549 636143 >

定价: 68.00元